新 潮 文 庫

だれもの人生の中で とても大切な１年

yoshimotobanana.com 2011

よしもとばなな著

9403

目 次

本文カット

山西ゲンイチ

だれもの人生の中でとても大切な1年

yoshimotobanana.com 2011

Banana's Diary

2011,1-2011,12

1,1－3,31

2011年1月1日

あけましておめでとうございます。

「同宿してみると、あの子がいい子だってことがわかるよ。なんともいえないいい空気になって、部屋の中がきれいになるみたいな、屈託のない寝方で」と父が言っていたが、なんと評論的な孫バカであろう(むりもないか……)!

しかしチビは朝ひとりで起きて、だれも起きてこないので「ママさびしいよ」とメールをしてきていて、胸キュンであった。

1月2日

ちょっとしたもめごとがあり、真剣に語らい合っていたはずなのだが、私のコメントに対してかなりボケた父が普通に「そう来たか〜」と言い引き下がっていき、そのあとに電話に出てきた姉が「う〜ん、適材適所だね」と言ったので、ほんとうにおかしかった。みんな半泣きくらいに真剣なのに、なんでそんな面白いことが言えるのだろう。この血筋で何人の友達をなくしたか数えきれない!

いつでもある日急に「いつもあんまりにもひどいことを言われていて冗談とはとて

も思えない」と距離をおかれるんだけど、この親と姉ではむりもなし。もう慣れて、そう言ってくる人にはごめんなさいと言うしかない感じ……。

夜、チビが今日は夫側の実家に泊まりに行ったので、ひとり楽しく映画でも観《み》ようと思い、セックス・アンド・ザ・シティをダウンロードしようと思ったのに、なぜか「第9地区」をダウンロードしてしまい、夜中にひとりで、はでに飛び散るバカで野蛮な地球人たちに接して暗澹《あんたん》としてしまった。

1月3日

藤澤さんちにちょっと寄ってから、実家へ。独身の男たちがむんむんするほどいたが、着物姿のるりちゃんだけが清涼にボケをかましていて、おかしかった。親戚《しんせき》内のハルタさんと言えよう。若くして、そのぼやきはすでに名人芸！　楽しい時間を過ごすことができた。

1月4日

チビがいろんな人に「玉じゃだめだよ、おさつにしてね」などと言いながらかき集めたお年玉を持って、キデイランドに行く。仮店舗なのでとにかくぎっしりしていて、めまいがした。原宿にキデイランドがないとなんかものたりないので、いくつになっても行くと嬉《うれ》しい感じがする。

この世の全《すべ》てのブランドの中でいちばん好きなeggについ寄ってしまい、今年最初のムダ使いをしてしまった……。ついさっきまで億万長者はGAPに行くっていう本を読んでたのに！

1月5日

その人の話をしていた直後に、会うはずのない人に会うはずのない場所でばったり会って、びっくりする！　新年のシンクロ、去年は「あっちゃんにばったり会った直後にじゅんちゃんにばったり会う」だったが、まだまだ健在のようだ！　にしても今年は大きくものごとが動きそうだ。その人を見た瞬間に、そう確信した。

ヒロチンコさんのお誕生日なので、しゃぶしゃぶにすることにして、赤身の肉を大量に購入、ヤマニシくんもいたのでみんなでおいしく食べながら祝う。そしてあらためて思う。稲庭うどんは、箱に入った奴《やつ》よりも、袋に入った短い奴が好きだ……。

1月6日

風邪ぎみなのでおうちでじ～っとしていたが、つい掃除をしたりして動いてしまう。

いっちゃんが来て、チビ大喜び。でも学校はすごく疲れたらしく、よれよれになって帰ってきた。冬休みなまけすぎたか。いっちゃんにも「玉じゃなくてお札で」と要求していたが、五百円玉を二枚もらっていた……。

1月7日

事務所開き。

みんながかわいくてにこにこ働いていて、いいスタート。鈴やんまでいたので、ついてる感あり！　にしても現実にはじめてみると、新しいやり方だといろいろずれる点もあり、試行錯誤中。さなえちゃんのように、いつも静かにこつこつ働いてくれる人がベースになっていることがどんなにありがたいか、ますますわかる。

タッキーがお花を買ってきてくれ、いろいろ整えてくれた。タッキーっているだけで空気が清浄になる感じで、これまたありがたい。

さおりちゃんが夜遅くまでメールをチェックして研究してくれてるのも、ひそかにありがたい。

桜井会長からお電話があり、緊張しながらお話ししていたら、そのあと代わったチビは上から「うん、うん、そうだね、また会おうね〜」と言っていた。自由だ!!

1月8日

今書いている小説、軽く見えてもかなり重いテーマを扱っているので、いろんな角度から書いてみたりして、朝から晩まで合間を見ては四苦八苦して取り組む。でも苦しくない、やっぱり楽しい。発明や研究してる人とかきっとこういう気持ちの中に毎日いるんだろうなあ、と思う。もっと思う存分深く入り込みたいと思うこともあるけれど、いちばん大事なのは生きている人たちの世話。目と目を見あってしゃべる時間。自分にしかできないことは、書くことじゃない。今は子どもの心と体を創《つく》ることがいちばん。

むつかしい場面を書く前にほんとうにもやもやしてぐずぐずして、自信がなくなって、起きるのもつらい、みたいな時期があるけれど、それをぐっとこらえて乗り切ると、知らなかった景色が見えることが多い。でもこれが頭がギンギン、目の前真っ暗まで行くと行き過ぎがんばりすぎだし、ものごとってバランスだなあ、と書いているといつも思う。人生も同じなのかも。でも取材の楽しかったことを思い出してはふふと笑ったりして、案外ゆるい時間もあるからまだ大丈夫みたい。

あまりのたいへんさにカレー作りに逃避したら、シンガポールみやげの香辛料は、まさにマレーシアあたりに似たあの漠然とした味……締めるためにいろいろな工夫をして、なんとかもっていったが、辛い！　家族全員大汗をかいて妙にさっぱりした。

1月9日

みゆきちゃんがやってきて、タイマッサージをやってくれる。

体が寒さでぎゅうぎゅうにつまっているので、すごく幸せだったけど、どこにいようとにかく寒い！　ふたりとも寒いって百回くらい言いながらぴょんぴょんはねて帰った。

だいたい、みゆきちゃんはインドネシアでしか最近会ってないから、いつ会っても南国の服。東京でダウンとかマフラーとか帽子を見ると、ものすごい違和感が！

1月10日

チビのもしかして行くかもしれない学校の見学。

もう英語が限界な感じがするので、大好きな学校だけれど、今のところはそろそろむつかしいかな、と思っているところ。こういう決断ってほんとうにつらい＆たいへんだ。心してかかる。

なかなかいい感じの学校で、むつかしい面もありそうだったけれど、面白かった。チビがすぐに友達を作って遊びはじめたので、幸せになった。

生きていてくれればいい、健康でいてくれればいい、そう思って育ててくるのに、いつから親はなにかを期待するようになってしまうんだろう。もうこのさい学校に行かなくても健やかな心身で生きていてくれればいい、といつまでも思っていたい。将来仕事をするのに必要な勉強はしてほしいが、それは親がちゃんとした後ろ姿を見せていれば、大丈夫だろう。

親になるって自分の姿勢を正すことだ。ひたすら書くか、それ以外の時間を飲むか食べるかしていた私は、すっかり大人になった。生きているうちに大人になることに気づけてよかったと思う。

通りかかった早川さんとお茶して、新しい人間関係ってなんか楽しいな、と思った。先月まで知らない人だったのに、ばったり会ったり、情報を交換したりして。

疲れたチビはおでんを鍋《なべ》いっぱい食べたのでびっくりした。もうすぐいつもごはんを炊《た》いてないといけない思春期の男の子の親地獄が待っている！

1月13日

朝飯抜いて病院に行って血をばんばん抜かれ、その検査で八万円かかり、びっくり！　車検か（笑）⁉

でもそれが終わってはっちゃんと食べたハシヤのスパゲッティのうまさよ！

血が足りなくてふらふらでフラへ。ホイケ（フラの発表会と思ってもらえれば……）の踊りだから、私はあとちょっとの間だけしかクラスに出られないけど、絶対に踊れるようになろうと決めた。

1月14日

太極拳《たいきょくけん》。腰がちょっとよくなっているので、そろそろとしかしっかり動く。

太ももがぱんぱんに張った。

先生はかなりペースを落として教えてくれているのだが、途中、一瞬腕時計を見たときの動きがあまりにもすばやくかつかっこよかったので、やっぱりすごい人なんだ、とあらためて思った。ほんとうにすごい人は自慢しないしいつでも謙虚だ。

夜は「どんぐり姉妹」の打ち上げでいつもの焼肉屋さんへ。新潮社のみなさんとのお仕事も一段落で、しょっちゅう会っていたからすごく淋《さび》しい。しかしそんな気持ちを吹き飛ばすかのようにチビが大騒ぎしてたいへんだった。女子をひとりじめしてどうぶつしょうぎをやりこみ、気にいった女の子の胸ポケットにさりげなく駒《こま》を奥までねじこんだりして、男子たちを感心させていた。

中島さんにも久しぶりに会えて、ほんと〜うに嬉しかった。日に日にパパとして男としてすてきになっていくので、どうやってあんなに仕事しているのにこんなふうでいられるんだろう？ といつも思う。

そして親《ちか》くんはあんなにフリーメイソンが好きならどうして入れてもらわないんだろう？ 一刻も早く入ってその熱狂をしずめてほしい、ときっと家族も恋人も友人も思っているはず……。

1月15日

フラのまみちゃんの家で手巻き寿司《ずし》パーティ。

とてもとてもとてもきれいな家なので、緊張してチビをしめあげながら半径三十センチくらいしか動かずにいたのに、白いじゅうたんにチビが思いっきりジンジャーエールをこぼした。私もいっちゃんも、家の人たちさえもそれでもうどうでもよくなって、気が大きくなってだら〜んとなってキャビアまであけちゃって食べはじめた頃に、のんちゃん、じゅんちゃん、ミナちゃん、ヒロチンコさんがぞくぞくやってきて、まぐろなどを巻きまくる。おいしかった〜！

まみちゃんの結婚式のＤＶＤなど見ながら、ご主人にかなりしっかりかまってもらい、チビもおおはしゃぎで楽しい時間を過ごした。

終電があやしくなったのんちゃんが週末だからと泊まっていったが、喜びすぎたチビは最後の最後までいっしょに寝たり風呂《ふろ》をのぞいたりしようとしてパパにしめあげられていた。

1月16日

朝も「のんちゃんが帰っちゃうよ」と言ったら、がばっと起きてきたチビ。なんて単純な！　男っていったい！

みんなでカレーを食べたり、ユニクロに行ったりして、のんびりと過ごす。のんちゃんはいつも忙しく帰っていく後ろ姿しか見てない感じなので、ウクレレまで教わったりしてのんびりできてほんとうによかった。いつも泊まってけば？　と聞いてみてもだだっと終電目指して帰っていくので、たまに泊まってくれてとても嬉しかった。

タッキーおすすめの「微糖ロリポップ」を最後まで読んで、号泣。すばらしいマンガだった。さすが少女漫画の王、タッキーだ！　どうして青春時代ってきつかったのか、孤独だったのか、思うようにならない恋はどうしてあんなに切なかったのか。全部を生々しく思い出し、息が苦しくなるほどだった。だれかをほんとうに好きになるって、ああいうことだったなあ、としみじみ思う。その人でなくちゃだめだし、崖《がけ》っぷちなのに、自分はまだ親に養われているというあの感覚。

たかさまが歯医者さんといっしょに実家に来てくださったので、ふまれたい会。そのでっかくて上品な感じのおじさんである歯医者さんの目が異様にきれいで大きいことがやたらに私の笑いのツボを刺激してしまい、夜中までひとりふとんの中で笑った。

1月17日

京都へ。

まゆみちゃんを呼び出して、串《くし》かつを食べる。おもちを失ったまゆみちゃんはなんだか小さくかわいらしく見えた。まゆみちゃんと私がオーストラリアのホテルの前で知り合って一目惚《ひとめぼ》れで仲良くなってから、もう十五年くらいたつけど、その間いつでもいっしょにいた愛犬おもち。気持ちは痛いほどわかり、ごはんをおごるくらいしかできないけれど、どうか少しでも幸せな時間を、と思う。

1月18日

いろいろなトラブルに巻き込まれながらも、なんとか大神《おおみわ》神社にたどりつく。

この人生で自分が属しているのはクムサンディーのハラウと、雀鬼《じゃんき》会と、大神神社だけだ。あとの団体には一切関係がない。なんてシンプルで幸せ……！　でも会の傾向むちゃくちゃ！

稲熊さんのすばらしい祝詞《のりと》を聞いて、やっとつらかった一年が終わったと思って、涙が出るほどほっとした。たどりついた！　もう安心だ、という気持ちでにこにこしてしまった。

そして、こんなに大人になって酸《す》いも甘いもかみわけて、信じられない数の人にだまされたり、嫌われたりあるいは好かれたりして、もうだいたい人間のことなんてわかっているし、動じないわ、ラララ、みんな好きに生きればいいんじゃん？　くらいのことを思っているはずなのに、愛する人たちのこととなると、その人たちが傷つくことならば、言わないでおくべきだと、ぐっと言いたいことや知っていることを言ってしまうのをこらえて、切なく熱い涙が出たりすることがわかり、まだ自分には人として可能性があると思った。

1月19日

こうへいくんたちが事務所に来て、打ち合わせ。電子書籍の成り行きはほんとうに面白くて、どきどきわくわくだ。いっしょに船に乗ってる感じ。

夜は林さんの会。井沢くんがすごくやせていてびっくりした。毎朝走ってるそうだ。あの忙しさの中、どうやったら走れるのだ？　しかも際限なく飲み食いしているぞ！

そういえばこの人は大学時代からこうだった、としみじみ思い出す。タフで、なんだか楽しそうで、友達思いで、むちゃくちゃなのにどこか保守的で。みんなでいいお酒を飲んで、気分よく帰る。

夜道で林さんとタクシーを待っていたら、向かいに石原さんと井沢くんとうちの家族がいて、とてもいい光景で、全員がすばらしい人たちだなあ、と天に感謝したくなった。

ほめたいことしかない人たちといられる幸せよ。

1月20日

フラスタジオへ走っていったら、クムが代行レッスンをしてくださる日で、動揺！

でもクムはにこにこしていて、スピリチュアルで、今踊っている曲の意味が深く深く理解できるように説明してくださり、ああ、そうだ、昔はいつもこうやってまず曲の内容を理解することに時間をかけていたんだ、と大事なことを思い出す。

時間的に、もうのんちゃんは来なくてもむりはないな、と諦《あきら》めた頃にのんちゃんがやってきたので、すごく嬉《うれ》しく、自分がこんなに嬉しいとは思わずびっくりした。フラってすごい！　いつのまにか魂がつながっている。せっかくなのでのんちゃんの誕生会パート2をのんちゃんのファンクラブ（会員たった二名）でむりやりにとりおこなう。

1月21日

ヒロチンコさんに「健康について」のインタビュー。短い時間にあまりにもすばらしいことを言ってくれたのでさくさく終わってしまった。やはり毎日現場にいる人はすごい。別のことをしないでコツコツ現場にいる人だからこそ、結婚したんだった！

としみじみ思い出した。

きよみんのセッションを受け、やる気倍増。しかし静かに語り合っている部屋に、猫のタマちゃんがしょっちゅうふらふら〜とやってきて、ふと立ち上がったり、手の先の変なところをなめたりしてて、笑えちゃってしかたない。なんだろう、あの気が抜ける外見。

フラをがんばりすぎて全身筋肉痛だが、なんと今日はインドネシア、オークランド、スペイン、あと宇宙（笑）から客人たちがたまたま下北に来るという希有《けう》な日だったので、派手に合コンをやる。みんな日本に住んでない感じなので、話も合って、ただただ楽しい時間を過ごした。

1月22日

乳がん検診。思い出した、これ、いて〜！！！　検査だった。

しかし、友達の乳がんになった人が、検査だけは毎年してと本気で言ってくれたので、必ず受けることにしている。またドキドキするような微妙なしこりがいっぱいあって寿命が縮んだけど、大丈夫で、ほっとした〜！　いい先生ってなんか独特のたたずまいがある。なんだかやっとわかってきた、お医者さんについて。

あまりにほっとして、よれよれになりながら、えりちゃんのところへ行く。

えりちゃんはいっそう大人になっていて、うんと冴《さ》えていて、前みたいに私もなんとなくドキドキしたりしないで、落ち着いてセッションを受けることができた。そしていちばんすごかったのは、私の今ほんとうに悩んでいることをずばりずばりと魔法みたいに解読してくれたことだった。まるで名探偵のようだ!

1月23日

チビが弁当に入れるサラダを作ると言って、作ってくれていたが、これを毎朝やっていたら、学校につくのは学校が終わるころだなと思いつつ、それはそれでなにがいけないんだろうかくらいの気分になるほど、楽しそう&集中していた。

せはたさんをホメオパシー卒業ありがとうの宴に招待して、みんなで楽しくしゃべる。いろいろ衝撃的なことも聞いたのに、なぜだろう? ちっとも心が動かなかった。やってなさいよ、でもなく、気の毒に、でもなく、その中間。登場人物に関して、なにも感情が変わらない。明日もきっと同じだろう。

どろどろ感さえも感じなかったので、なんだ自分は全部知ってたんだ、とだけ思った。

そしてせはたさんが作ってくれた自分のセッションレポートを読み返していたら、そこには確かに自分のはずなのに、知らない人がいた。枠組みが変わったんだ……いつのまにか。ちょっとぞっとするほどの感動だった。

1月24日

前々から思っていたのだが、悪い人とか悪いことっていうのは、もしも純粋に「こいつねたましい、嫌い、とことんやったる」と思われてされるようなら、まだまだ対処も楽なのである。もしもそんなふうにされたら「露骨でありがたい！　オラオラどんどん来い！」くらいに思っていいくらいいと思う。

たいていの場合、ちょうど霜降りの肉をイメージするといい感じで、人とは愛憎もその度合いも日によってまちまちだから、ややこしいのである。

ということはいい点もあり、解釈する側の態度ひとつでなんとでもなるのだ。

しかしその霜降りを見ないふりをして生きていると疲れてしまうので、素朴で、正直であろうとしている人が好きだし楽。

穴八幡《あなはちまん》に寄ってから、実家へ行く。

お父さんが家族についてなにかを発表するとき、いちいちお母さんを二階から呼んでくれというのは、いつも胸キュンだ。

1月25日

ゲリーとランチ。ゆりちゃんも。ふたりとも痩《や》せて若返っていた。あんなに遠くに住んでいて、めったに会わなくて、さらに年齢もそうとう違うのに、毎回、生き別れた戦友と再会したようなこの気持ち、ほんとうに面白い。これほど、互いの人生の共通点をわかりあえる人はある意味いないかもと思う。

1月27日

萩尾望都先生の「春の小川」という作品、号泣。なんでこんなこと描けるんだろう？　と思った。人が死ぬ前は、その人が死んだときどんな気持ちになるかを決してわからない。なんとかなると思っている。でも死んだときいきなり思う、さっきまでここにいたのに、さっきまでしゃべれたのに。少したつと、先週の今頃はいっしょだったのに、どうして？　もうこの先ずっと会えないんだって。目の前が真っ暗になる。失恋の百倍重い、あの感じ。

あの感じが、こわいくらい天才的に描いてあった。

1月28日

大槻あかねちゃんの展覧会が近所であったので、タッキーと歩いてのどかに行ってみる。

彼女のていねいさはすばらしい。自分の好きなポイントになるまで、決して妥協しない。

必死で荷造りをして、仕事も終えて、羽田から出発！　と思ったら、火山灰の影響で飛行機が遅れて三時間も待つことに。

じゅんちゃんと空港の串揚げ屋で飲みながらくだを巻いていたら、だんだんいつもの単なる土曜日に似すぎて旅立つのを忘れそうになった。さらにそのあとラウンジに行ったらタモリ倶楽部《クラブ》をやっていて、ますますただの土曜日に！

しかし向こうの時間の午後にはしっかりマウイについて、ちほとミコと合流。

畑の中の一軒家的なレストランでおいしいごはんを食べつつ乾杯して、ハナへのロングドライブ。ロングすぎて酔った人もいたが、真っ暗な崖の道をなんとか宿に到着して、バタンキュウ。あまりにも星が満天すぎて目が慣れないまま。

1月29日

朝起きたら、あまりにも目の前が海すぎてびっくりした。暗くてなんにも見えなかった。しかしとてもいい宿、ハナカイマウイ。

にしてもマウイは最高だ。ほんとうに天国。息をしてるだけで幸せで夢みたい。日本ではサッカーの時間だと気づき、しかし部屋にはＴＶもラジオもなんにもないので、ツイッターなど見てみる。最終的に数人の起きていた人たちの実況中継で同時に結果を知る。すごい世の中だ！

近所の小さいファーマーズマーケットに行き、ハセガワジェネラルストアに行き、滝つぼまで散歩してみんなで足をひたして、夜はじゅんちゃんのお誕生会をする。

そのステーキの店ではライブをやっていたので、じゅんちゃんに「おめでとうって歌ってもらおうか？」と言ったら、「死んでもいやだ」というのでひたすら黙っていたら、店のお姉さんがダークホースで、誕生日デザートを出してくれるときにじゅんちゃんを思いきり指差し「このじゅんこはバースディだ〜！」と歌手に伝えてしまい、むりやり店の全員に祝われていた。どんだけいやがっていたか知ってただけに大爆笑。

1月30日

なんでだかいきなりものもらいになって目覚める。

でもくじけずにビーチを目指したら、道が壊れていて崖下《がけくだ》りの大冒険になった。ビーサンだったのでほんとに死ぬかと思った。ヒロチンコさんやじゅんちゃんにしがみついてなんとか高所恐怖をもちこたえていたのに、そんなオレの目の前で崖から飛び込むカップルなんかもあり……ううむ。見てるだけでこわくて死にそうだ！

自分的には、高所恐怖という点において、ネパールでプチ登山をしたときくらいの恐怖だった。のぼりは、どんなにむちゃくちゃでも全然平気なんだけど、目の下に景色が見えちゃうともうすくんでダメ。

でも景色は死んでもいいかもとちょっとだけ思ってしまうくらいにきれいだった。やってみてよかったと思うし、でっかいカメラを持ってサンダルですいすい行くちほちゃんをさすがと惚《ほ》れなおした。

高級なハナマウイのトイレで思いっきり足とか体を洗って、パイアへ。

夕暮れのサーファー＆ヒッピータウンの切なさはどこも同じ。人生の美しい夢のイメージ。マナフーズでおみやげやジュースを買って、キヘイのホテルにチェックインし、軽く寿司《すし》を食べながらちほちゃんとミコと別れる。すごく切なかった。いつでも会えるのにね。

1月31日

クジラツアー。

絶対酔うと思ったのに、波頭を見るたびになぜか燃えてくる心、船大工の遺伝子が！　クジラが親子でいっぱい遊んでいて、すばらしい。畏怖《いふ》の心がいっぱいになる。最後の最後にもう全員が船内に入って最後の説明を受けるだんになって、突然に近くで親子クジラがしっぽをばんばん出してサービスしてくれて、もしかして、人が海に入ってしっぽぐるみを振ってるんじゃ？　と思うくらいのすばらしいタイミングだった。

撮った写真を見ながら、ステーキやサラダや、じゅんこの名作ズッキーニとチーズの焼いたのなんか食べて、地ビールを飲みながらみんなで語り合って、幸せだった。

2月1日

今日は星のツアー。

山内さんが迎えに来てくださり、他のお客さん一組と共に山を目指すも、まだ時間があったのでとちょっと寄った昔はパニオロの、今はヒッピーというかニューエイジというかそっち寄りの町、マカワオをとても好きになる。ちょうどいい大きさ、お店もみんなかわいい。ケアリィ・レイシェルのハラウのトップダンサーがさりげなくお店をやっていたりする。このカレンダーの表紙私よなんて。

そのあとクラにもちょっと寄るが、まるで軽井沢をもっとさわやかにしたようなさわやかさで、空気に花の香りが混じっていて甘く、夢みたいなところだった。草の色も蛍光くらいに鮮やか。なんだろう、ここは天国ですか？　と思った。

いよいよ山の頂上を目指し、雲海がピンクに染まるのを眺めながら夕陽を見て、星を見て。まるで夢を見ているみたいな感じだった。しかし寒い！　寒すぎる！　寒がりながらも全部を目に焼きつけた。

いっしょになった高橋さんという人が摂氏○度以下の場所でトレパンにトレーナーなのにもビビった。けんかしたら絶対負ける、ああいう人には！　でも優しいいい人でした。

三○○○メートル以上の高山で空気が薄いと弁当を食べていて息苦しくなるということもはじめて知った。

山内さんが賢くかつこれまでの人生でいろいろなよいセッティングを経験してこられたがゆえに、スムーズで幸せな時間を過ごすことができた。

2月2日

めずらしくじゅんちゃんと別行動。

昨日行ったマカワオを散策しに行く。小さくて、ちょっとだけヒッピー／ニューエイジ寄りで、ほんと、いやすい場所だった。

おいしいレストランの予感がして入ったお店がほんとうにすばらしくて、マウイで食べたどこのなによりおいしい。つくりもていねいだし、味は完璧《かんぺき》。ラムのラグーのパスタなんて、世界一だったかもしれない。野菜もみんなぱりぱりしていてサーモン&サラダも完璧。シェフもただものではないふうで、レストラン一〇〇選に入っていた。

マーケットフレッシュビストロというお店だったと思う。

帰りにパイアに寄って、マナフーズで材料を買って、お部屋に戻るとじゅんちゃんもいたから、いっしょにミナちゃんとちはるちゃんにカードを書いて、ビール飲んで、ごはん（ガーリック海老《えび》とマヒマヒソテー）作って、みんなで食べた。こういう暮らしってほんとすばらしい。人生はこうでなくっちゃ。

2月3日

美香さんが案内してくださるというので、一日いっしょに過ごしてもらうことにする。美香さんはマウイ在住で、共通の知人などもたくさんおり、はじめて会った気がしない人だった。

まずイアオ渓谷でちょっと泳いで新年の禊《みそぎ》をして、ククイプカヘイアウへ連れて行ってもらう。ここはフラを長年やっている人か、許可を得るか、案内人がいなければ入れない神聖な場所。たまたま美香さんの日程があいていて、お天気がよくて……などなどさまざまな条件が整い、神が許さなければ決して行けない場所だ。幸運だった。すばらしい景色を見て、神様を近くに感じながら、ゆっくり過ごす。

そのあとはお昼を食べて、ピハナカラニヘイアウもちょっと見て、美香さんと別れる。

子どもが大きくなってきて、自分から離れていくのを感じている今日この頃、これからの人生はどうなっていっちゃうんだろう、と思っていたけれど、ふたりのお子さんをバリとマウイで育て上げ、キラキラのまま生きているこういう人を見ると、無条件で元気が出てくる。

ありがとうマウイ。また来るよ。

２月６日

代々木公園のフリマにミナちゃんが出てるっていうので、見物しにいく。行ってみたら服など案外大売れに売れていてびっくり！　応援するまでもなし！

ずっとマウイにいて、基本的に自然と田舎の人ばっかり見てたら、目がそれに慣れちゃって、大勢の中にいるおかしな人がこわいくらい目につく。精神的にヤバい人、仕事がなくておかしくなってる人、ずっと獲物を探しているスリの人、偽物《にせもの》を偽物と言わずに（そりゃそうだ）売る人。みんな顔つきがおかしくて、ふだんは都会にいてもこういうのが見えないんだなあ、と都会のこわさをあらためて知る。

夜はのんちゃんも合流して、カポノさんのラーメン屋さん、経堂の「夢亀《ゆめかめ》」に行く。映像のお仕事をきっぱり休んでラーメン屋さんになったのにもびっくりしたけれど、亡《な》きお父さまがやっていたお店の味を遺《のこ》すのが夢だったと聞いて、納得。人生はいつからでも（たいへんだけど）変えられるんだなあ、と感動した。味も文句なし、すごくおいしかった。九州の血が入ってる私としては体にしみてくる感じ。

意味なくカラオケに行くも、予想通り、半分玄人《くろうと》であるのんちゃんの安定した聖子ちゃんをしみじみと聞き入る会となった。そんなときヒロチンコさんがいきなり小学校で独唱したという(この思い出もすごいよ)「ゴッドファーザー愛のテーマ尾崎紀世彦バージョン」を歌いだす。マウイでハナに行くときに話題になった「そんなものがあるのか?」という歌だ。だって、インストの曲なのに、なんで日本語の歌詞がつくの?

のんちゃん「コッポラは知ってるんですかね?」

史上最高のコメントであった……。

チビの時差ぼけハイが気違いざたで、だれもがチビに疲れ果てて帰宅。

2月7日

チビの誕生会を祝いにSay Cheese!へ。近所を中心にアート系の(?)異様なメンツであったが、チビは大喜び。まみちゃんがバイトに入ってて働いていたのにも大喜び。

舞ちゃんに「神聖モテモテ王国」がどんなマンガかを説明していたら、あまりにも自分がくだらなくて久々に人前で笑い泣いてしまった。だって「とにかくナオンにもてたい、突起物がある宇宙人が、坊主頭《ぼうず》でメガネの学生と暮らして、とんかつを……」とか言ってたら、自分が心配で……！

ごはんからデザートまでまんべんなくおいしいこの店、まんぷくがやっているのにまんぷくよりもうまい！　このお店のシェフとソムリエはそうとうの実力と見た。

しかしそんななかでまみちゃんは美しい笑顔をふりまきながら「このワインは一杯目のワインとしては最適です、と言えって言われてます〜！」などと接客し、上司たちを悲しくさせていた。

2月8日

チビ八歳。長い道のりだった……。

チビの好きなお兄さんのいるピザ屋さんに、お祝いに行く。時差ぼけで半分寝そうになりながら、ピザをたくさん食べるチビ。両親感無量！

最近、チビとくっついていても、自分の体の延長だったあの感覚が消えている。チビに熱があるとき自分も熱が出ることもなくなった。生まれる前からの、お互いがお互いの体の一部だった時期がついに終わったんだ、と思う。親も自立に向けて歩みだすときだなあ、と感じる。時は流れている……。

2月9日

ここぺりに行く。いったん体がバラバラになって、作り替えられた感じ。目が覚めたら、生まれ変わっていて、なにもかも新しく見える。すごいなあ〜！　体もすごいが、そんな技を使う美奈子さんもすごい。人間ってよくできてるなあ。

このところ、悩み事と小説のツメが重なり、ほとんど飲まず食わずの一ヶ月くらいを過ごした上に、腰の筋肉を作ろうとフィギュアロビクスまでやってたから、しっかり体重が落ちた。まあデブはデブだが、ぎゅっとしまったデブというか。そうなってみると、食べるっていうことに重きがなくなって、いったい今までなにやってたんだろ？　みたいになるのも不思議。健康って奥が深い。

2月10日

小説「ジュージュー」二日前に完徹で完成、提出。

タッキーがいちばんに読んでくれるのって、最高の贅沢《ぜいたく》だと思う……。

朝倉世界一さんの「地獄のサラミちゃん」をベースに書いているので、朝倉先生に表紙をお願いしていて、そういう小説を書いていることだけお知らせしていた。朝倉先生に「やった〜、書き終わった〜！」とメールしたら「わーい」とお返事をいただき、感涙……。生きてきてよかったです。

かつてない書き方で書くことにトライしたので、時間も変にかかったし、頭を変な使い方して脳みそが沸騰《ふっとう》しそう。あれ、もう二度とできない手法かも。でも、ちょっと続けて高めてみたいような。こうなるとほとんど自己満足というか、魔術に近い。通じない人にとってはただの文章。通じる人にとっては広大な世界に見える魔法がかけてあるが、それっておまじないとかエネルギー的なものでは決してなくて、あくまで技術的な問題。

夕方、一瞬だけ陽子さんに会って「よう！　人妻！」などとからかいながら、贈り物を渡す。おめでたいなあ……大きな病気したけれど、生きてくれてほんとうによかった。あそこで死んでいたら、彼女は彼にも会わず、こんなふうにからかうこともできなかったんだ、と愕然《がくぜん》となる。神様に血を吐くくらいお願いした自分を、人のことなのにそこまでしなくても、と思ったこともあったけれど、幸せな姿を見たらみんな帳消しになった。

2月11日

雪。雪なんて！

体もびっくりだ〜！　一週間前は海で泳いでたのに！

ヒロチンコさんの用事につきあって、のんびりとタカシマヤに行き、遅めのお昼など食べて和む。仕事終わってほんとうによかった。これから文庫二冊分と雑誌掲載分のゲラがまとめてやってくるけど、今手元にないからないのといっしょだもん（笑）！　だれがなんと言っても見えないもん！

2月13日

チビといったりきたり、こんなことしていられるのも、どのくらいの期間なんだろう。もうすぐ友達と遊ぶからって言って、ひとりで出て行ってしまうんだろうなあ。人生ってなんでもあっというまに過ぎちゃうなあ。

そう思いながらもチビとのラブラブおデートでうろうろしていたら、なぜか突然に沖縄からカラカラとちぶぐゎーの長嶺夫妻が遊びに来て、しかもなんかうまく会えちゃって、びっくりした〜！

チビがどうしてもようこさんのとなりに座るっていうから、私がご主人と横並びで密着して座ることとなり「ママはてっちゃんとあんまり話したことないのに、いきなり並んで座るの恥ずかしいよ」と言ったら、真顔で「それなら、今日から話して仲良くなればいいじゃないの、そんなこと言ってたら、ずっと仲良くなれないじゃないの」と言われ、チビ、えらいなあ！　と思った。

そしててっちゃんがヴィレッジヴァンガードを一周してから「あまりに情報が多くて、ちら見することもできない……わかった！　ここはひとりで来るところだ」と結論を出したのが、最高におかしかった。

長嶺夫妻が長く手がけていたお仕事が一段落するということで、ようこさんが「いろんなことをやろうと思って」と言ったら、てっちゃんが「そうだよ、いっぱい遊ぼう」と言った。ようこさんが「そんなに遊んでるわけにもね」と言ったら、てっちゃんが「お金はなんとかなる、絶対なんとかするから」と言った。ようこさんはにっこりしていた。私は、この不況の時代に、なんて立派な人だろう、なんて確かな人だろう、と感動した。

この夫妻に幸あれと思う。応援していきたい。

2月14日

鍼《はり》。腰がかなり微妙なので、じわじわ動く。

飛行機に乗るとてきめんに悪くなるので、くやしい！

しかし、マウイのことを思い返して、あの天国のような景色や椰子《やし》の感じや渓谷の深い緑などを思い浮かべると幸せ〜になる、マウイと蜜月《みつげつ》中の私なのに、いちばん楽しかったのは？　と思うと、なぜかじゅんこと洗濯に行ったことばかりが浮かんでくる。チビとじゅんこと洗剤を持って、コインを持って、ホテルの廊下をてくてく歩いて行って、洗濯して、乾燥して、できあがったころにまた空き袋を持って、歩いて行って、洗濯物を持ってきて、たたんで、さあ、これからごはん作ろうねっていう夕方のあの幸せな感じ。

それならわざわざマウイに行かず、三茶でいっしょに洗濯してごはん食べてなさいって感じなんだけど、あの、ホテルの廊下をうきうきと歩いている気持ち、妙に楽しかったのだ。

2月15日

久々に大内さんに会い、えんりょしたのに、かなり疲れてるだろうに、やりましょう！　と意欲的だったので、突然チネイザンのセッションを受けた。

大内さんはまたも腕をあげていた。あのキレ、そして決断力。すばらしい。自分の腹なのに、自分よりも大内さんのほうがこの腹を大事にしてくれている、そのことが伝わってきて泣けるほど感動してしまう。万人に対してそういう愛を抱けるというのがすごい。隠し事なんてなにもできないという感じのオープンな愛だ。

でも、ところどころあまりに痛くてそんな大内さんを途中でけりあげて逃亡しそうになりました……。

チネイザンは腹を扱うぶん、本能的に生きるか死ぬかの気持ちになるので、終わったあと、生まれ直したような気分になる。湯上がりというか、生まれたての気持ち。あの気持ちこそが健康なのだ、と私はいつも思う。

夜はのんちゃんのファンミで、まみちゃんとまたもSay Cheese! に行く。この店は、ほんとうに名店だと思う。こんなになんでもうまくまんべんない店があろうか。価格もすばらしい。ここがあるから上原に越したいくらい。近所にあってほしい店ナンバーワンだ。

まみちゃんの、オチが二段になってるゲロ話&お父さんの怒りのツボがわからない話（人前でゲロを吐いたことには、おまえも一人前になった！とほめてくれたのだが、なぜか熱いみそ汁を飲もうとすると烈火のごとく怒られるという話）があまりにもシュールすぎて、涙が出るまで笑う。今思い出しても、笑える。まみちゃんの人生、どこをとってもすごすぎる、絶対に期待を裏切らないエピソードが満載。時刻も遅くなったので、はっちゃんといっしょにむりやりのんちゃんを送ってドライブ。このところ都内だけをしかもちょこまか動いていたので、夜景など見てなんだか気持ちが晴れた。

2月16日

森先生とチカさんといっちゃんとお昼を食べる。

この組み合わせ、お金がとれそう……というくらい面白い会話満載。いつもはチビに中断される森先生のすばらしい話、静かにたっぷり聞けて、幸せ。だっていきなり活字にしてもすぐ本になるクオリティであらゆるものごとを説明できるんだもん。どうしてあんなに頭がいいんだろう、あんなに頭がよくってどうして生きていけるんだろう。なんでこんな人がいるんだろう、とただただ感心、感動するばかり。

チカさんも、言うことも服も持ち物も文字もみんな一から十までチカさんなので、安心できる。才能ってその人の全《すべ》てににじみでるものなんだなあ……。

会が終わるころ、たまたま仕事が終わったのんちゃんが通りかかるので、いっちゃん含めお茶をする。今週はのりこの週間だ……っていうかのんちゃんがひまな週だったから。私は時差ぼけ人生、いつどこになにがあるかわからないけど、ある意味ひま。いつものんちゃんのほうが、私よりもある意味忙しいということがよくわかる。私の時間割は、いつもむちゃくちゃ。朝お弁当を作るということくらいしか、決まってない！

2月17日

フラ。筋力をつけたかいがあって、いつもよりも低い位置をキープできて嬉《うれ》しい。でも、すごくむつかしい振りなので、じゅんちゃんをとにかく見つめてなんとかついていく。マウイで毎日いっしょにいたから、会えて嬉しい。じつは旅のあとに、いくら怒られてもいいようなことをしちゃったんだけど、本気の笑顔でハグしてくれてちょっと泣けた。

ともだちってすばらしい。

すごくめずらしいメンバーでごはんを食べに行き、とても楽しかった。それぞれ全然違う人生でも、踊ったあとはなにかがいっしょになっちゃうのもフラのすばらしさだ。

2月18日

ゼリちゃんが、いきなり危篤《きとく》。

まだ信じられない。

これほどの名犬がいるだろうかというほどの名犬なので、失うなんて考えられない。ヒロチンコさんも私も涙が止まらない。思い出というには多すぎるほどの十六年間を共に過ごした愛犬よ……。

病院につれていき、できるかぎりのことをするにはどうしたらいいか河井先生と相談。とても頼もしく、しっかりした対応でありがたい。最後に「ゼリちゃん、がんばれ！」と心から言ってくれた。

ゼリちゃんとくっついてうたた寝していたら、私がにこにこしていたとチビが教えてくれた。きっといい夢を見ていたんだろう。私ったら、ごはんも食べられないし眠れなかったのに。

夜中に今週友情強化中ののんちゃんから電話がかかってきて、ありがたくて泣いた。こういうときってみんなえんりょするものなんだけど、時間が悲しく止まっている家の中に、好きな人の声が入ってくるととても嬉しいものだとわかった。

2月19日

この朝がいちばん悲しかった。もういつもの朝は永遠に来ないんだ……。十六年間続いたいつもの朝だったのに。

ゼリちゃんが起こしにきて、ごはんをせがんで、散歩に行って。十六年間続いたいつもの朝だったのに。

ヒロチンコさんとしみじみ泣く。まだ息をしていてあたたかいのに、もうごはんを食べないし、散歩にも行かないゼリちゃん。ありがとうゼリちゃん。ずっと守ってくれて。

思わず「ゼリちゃん、どこにも行かないで、ゼリちゃんがいないと私はだめなんだよ」と泣きながらひきとめてしまう。

予約していたのでちょっと家をあけてはっちゃんといっちゃんの温かいサポートのもと、結子のところに行き、いろんなすごいアドバイスを受け、帰宅。ヒロチンコさんも帰宅した。チビがいて、いっちゃんがいて、森田さんがいて、いつものにぎやかな土曜日の中、ゼリ子の命がなくなっていくのを見ていた。ずっとゼリ子のそばにいてなでていた。ゼリ子のもともとのパパである徹くんが電話をくれたら、もう動けないのにしっかり首をあげて声を聞いて徹くんを探していた。夜の十一時近くに、もう体温も低いし瞳孔《どうこう》も開いているのに、ゼリ子はがんばっていた。あまりにもがんばっているのがわかったので、私は泣きながら「ゼリちゃん、必ず生まれ変わって戻ってきて、約束して、だからもういいよ、むりしないで、ひきとめてごめんね、苦しいのなら、逝《い》ってもいいよ」と言い終えた瞬間に、ゼリ子は息をひきとった。許可が出るまで、がんばっていたのだ。あまりの名犬さに、背筋が伸びた。この忠誠に恥ずかしくない生き方をしたい。

2月20日

ゼリ子がいない朝……。

ふたりとも泣いてばっかり。

ヒロチンコさんがお仕事に向かったので、お葬式の準備と手配、かけつけてくれる人たちにごはんを作るための買い出しに行ったり、お弁当を食べたり。こつこつと清らかに作業をする。

はっちゃんがそっとお花を置いていってくれてたので、それを棺《ひつぎ》に入れたり。

まずヤマニシくんとゆんきんちゃんと星さんが来てくれ、次にのんちゃんがはるばると来てくれた。のんちゃんの前でおいおい泣いたら、やっと気持ちがしゃんとした。

みんなでなんとなくごはんを食べていたら、じゅんちゃんとさおりちゃんとタッキーがかけつけてくれた。はっちゃんもやってきた。家の中がずっと光に包まれていて、高貴な生き物が去ったあと特有の神聖な感じがずっとしていた。

家で火葬をしてくれる業者が、業者によってはひどいらしい、という話をヤマニシくんがしだしたので、もしそうだったら、ごねる天才のはっちゃんごねてよ、と頼んだら、はっちゃんがスタンバイしていてくれたが、来た人たちはすごくいい人たちで、お金も一切追加では取らず、ごねがまえができていたはっちゃんが「なんだか欲求不満になったからとりあえずオオゼキで意味なくごねてくるか」と言っていた（笑）。

私も、あんなさっぱりしたお葬式がいいな、と思った。いい人たちばかりで、インチキな坊主《ぼうず》もいなくて、さっと骨になれて、すがすがしい。

ゼリ子さん、十六年間も守ってくれて、ありがとう。

2月21日

日常が戻ってきて、まだ信じられない。ゼリ子がいないなんて。

朝、信じられなくて、ぽかんとしてしまった。

キャンセルした旅行に行けてしまうことになったので、ためしに宿に電話してみたら、まだあいていたので、ゼリ子がくれた旅行だから、と行くことにする。

新潟はすっかりあたたかいけれど、雪がのこっていて、雪見風呂《ゆきみぶろ》をしたりして、でもずっと体に緊張が残っている。いつ来るかとかまえている、研ぎすまされた緊張だ。自分が食べられなくなっていた本当の理由もわかった。その瞬間をとらえたいという、本能だったんだな。

いろんな生き物を看取《みと》り、だんだんわかってきた。死ぬ一日前の匂《にお》い、死ぬ直前の様子。人にも応用できるかもしれん、この経験。

でも今はただ悲しんでいようと思った。

あまりにもおいしそうなカニを板さんが持ってきて「実は脚が折れちゃってるカニなんですが……」と言うのをさえぎるように「全然かまいません！」という私たち夫婦であった。

2月22日

チビと夜中に二時間くらい風呂に入ったせいで、のぼせぎみで目覚める。

久しぶりに朝ご飯なんか食べちゃって、朝風呂なんかも入っちゃって、すっかり休息をとった感じ。できればもっともっと看病したかったな、と思う。

でも体の中にゼリ子がいるみたいで、しゃんとしている。

朝、ゼリ子のブリーダーさんから電話がかかってきて、「すごく長生きで、幸せでしたね、そうとうかわいがってもらったんですね」とおっしゃられていたので、さすがに泣けた……。

2月23日

いつになく事務所がムンムンするほど女子でいっぱいで、いらした税理士さんがかつてないほどの幸せそうな表情をたたえていた……。でも税金は信じられないくらい高かった。

ないものは払えない的な。

かつまたくんが寄ってくれたので、お茶したり、事務所に寄ってもらったりするが、最終的にチビにつかまり、帰れなくなっていたので、眠くなった私は思わず寝てしまうが、寝て起きてもまだつかまって遊ばさせられていた。いい人だ……。

2月24日

森博嗣先生の「自分探しと楽しさについて」を読み終える。

身もふたもない内容だったが、すばらしい本だった。

なんと言っても、どの角度からも鉄板で流暢《りゅうちょう》に説明できるように考えが組みたてられているのにいつでももっとよい考えを取り入れる柔軟性があるところがすごい。そして、下手に希望を持たせて地面から足が離れないようになっているのが、いい。

夜、フラに行ったら、クムがいらして、ゼリちゃんのために泣いてお祈りしてくださった。クラスのみなさんもしっかりつきあってくださり、あまりに感動して涙もひっこむくらいだった。クムが「天命をまっとうするって、ほんとうにだいじな、すばらしいことなのよ」とおっしゃった言葉がいつまでも胸に響いていた。

長い間フラを続けてきて、はじめは「取材だから」とどこかに心の中で線をひいていたけれど、ハワイのメインのお仕事が終わったあとは、自分の責任で、好きでその場所にいると思っていた。だから今、私は心からクムの元にいるし、クラスを支えていけると思っている。なにかに属する幸せを、生まれてはじめてほんとうにくださって、ありがとうございます、とクムと先生たちと全てのフラシスターに対して思う。

じゅんちゃんとまみちゃんと焼肉を食べていたら、自分の中に活力がやっと戻って来たのを感じた。ほんとうにありがたいことだ。

2月25日

チビの学校のオリエンテーション。

これ以上英語が伸び悩んだら学校を変わらなくては、と思っていたが、なんとがんばって巻き返したチビ。先生たちも今年は意欲的で、いい雰囲気だった。

夜は実家で、久しぶりに家族だけのごはん。超低めで安定している両親、今が最後の幸せな時代だと考えると悲しくなるけど、この時間があるとないでは大違いだ。「親が弱って死んでいくのを見せることが、子どもにしてあげられる最高のことだから、おまえは長生きして、見せてやれ」と父が言っていた意味が、ほんとうによく理解できる。

2月26日

日にちを一日勘違いしていて、ぽかんと日程があいた。

しっかりしろ、私よ！

仕事があるのは明日だったことにはっと気づき、あいた時間を「ヒアアフター」にあてる。すばらしい映画だった。私にとっては文句なし。出版、ＴＶ、スピリチュアル、男の子を持ち、最近犬が死んだ、などなどここに描かれる全ての業界に自分がまるまる属しているので、その描き方のリアルさにも驚き「これ、自分のために撮ってくれたんじゃあ?」とさえ思った。インチキな人に多く会ったあとのほんものってあれくらいしみてくるものだし、ああいうことがあったあとでは、いつものビストロで業界人をやれなくなっちゃった違和感も痛いほどわかります。

音楽もすばらしい!

あの監督は天才だ、というか今となっては、俳優をやっていた期間がもったいないとさえ思えてきた。一本でも多く観《み》たい!

感動しながらクレッソニエールで晩ご飯、あのお店も、近所にあったら毎日行きたいお店である。そっけないけどあったかいところがパリなんだよな〜。

2月27日

桜井会長のお招きで、甲野先生を眺めにいく(野生の動物!?)。

そちらは夫側の人脈なので間接なのだが、体をつかう人たち、安田先生や内田先生つながりなので初めてお目にかかる気《き》がしない。

前の席に座らせていただき、刀で斬る動きを自分で試してもらったり、甲野先生の息子さんに介護のときの立ち上がらせ方を教えてもらったり、寝技のすごい人を近くで見てその腰のあたりの柔軟さに驚いたり、すごく勉強になった。真剣ってすごい。よその家の床の間にじっとりと置いてあるところしか見たことないから、使われている剣の迫力そして美しさそして神聖さなどをはじめて感じた。

時代劇の見すぎで、昔は刀で人をズバっと斬ってたようなイメージがあるけど、きっと実際はもっと静かにみんな死んでいったんだな、と思った。首元に刀が通る感じって、体だけが勝手に反応して、心はついていかない。一歩下がるのをこらえるので精一杯だった。今もまだ甲状腺《こうじょうせん》の両脇《りょうわき》に違和感が残っている。体はまだびっくりしているんだろう、一瞬で死に近づいたことに。私が一歩下がりたかったことを会長はすぐに見抜いた。

前に座ってじっと人々を見ていたら、雀鬼会の人たちと一般の人たちの顔つきが明らかに違う。一方はもう持っている満ち足りた人の顔、一方は欠けたものを求めて探している顔。ものほしそうという意味ではなく。雀鬼会の人たちの、もう持ってるからいくらでも持っていきな、という生き生きした顔があまりにも輝かしいのに感激した。

それもみんなが会長の懐《ふところ》の深さの中に遊んでいるからだ。会長といると緊張するが、一方でものすごい力が湧《わ》いてくる。今が楽しいからどうなってもいいやみたいな、でもその中でも紙一重の判断力が必要とされるから、とぎすましていかないと、みたいな感じ。引きすぎても出すぎても命に関わるバランスを体で教えてくださっていると思う。

ここまですごい人はいなかったけど、昔はこういう職業が謎《なぞ》のオヤジが町にいっぱいいて、意外にそのかっこいいオヤジたち同士はいざというとき以外はつるまず、それぞれの舎弟もみんな町のためにいろいろ働いていて、みんなが彼らにいろいろ差し入れしてるからいつも食べ物やお金はその日の分足りていて、立ち寄ればいつでも不器用にあたたかくもてなしてくれたものだなあ、と懐《なつ》かしく思う。日本の文化の中でいちばん大事な部分と言っても過言ではないものかもしれないから、残したい。女がやると孤児院になってしまうし、企業がやると金を集めちゃうから、この形がいちばんいいなって思う。

2月28日

桜井会長からにこにこのお電話をいただき、朝から緊張……下北作家支部長がんばります。

甲野先生に刀で斬られたら（笑）よけいなものがみんな飛んだ感じで、すがすがしい。それにしても寒い、信じられないくらい寒くて、雪までふってきた。

雪の中を歩きながら、元祖クレーマーはっちゃんにごねる極意を聞き出す。

私「その件なら、なんかごねることができそうな気がする、だって道理がとおってるもん」

はっちゃん「道理とかなんとか考えちゃダメ！　ごねるときは道理なんて関係ないんだから！」

う〜む、遠い道のりそして深い……。

ためしに銀行で少しごねてみるも、ごねられなれているらしく、投資信託を勧められるばかりの私。だからそんなことするお金ないって！　今通帳見たらわかるでしょ、とより小さくごねていたら、となりのおじさんが「今日の担当もこのあいだのお姉さんにしてよ、あの人気に入ったんだから、ほら、あの人」と向こうにいる係のおじょうさんを露骨に指差していて、ううむ、こんなことできるなんて信じられない、自分はまだまだだ（？）と思った。

3月1日

きびしかった二月も終わった。

いろいろはっきりと失って、いろいろ大事なものを得た。なんというすごい月だったんだろう。

もう決して振り返らないし、得たものたちをぎゅっとつかみすぎずに、あたたかくかわいく育てなくては。

腰があやしいのでロルフィングを受ける。途中から頭がすごく痛くなったので驚いた。きっとゼリちゃんのことではりつめていたんだと思う。「うたた寝してる間にこの子が死ぬかも」みたいな緊張感、最後のほうは異変に気づけるようにいつもゼリ子のどこかを触りながら寝ていた。しかし、名犬はそんなことはしないのだな。人間甘し。

いつものシャンプーを買いにヒロチンコさんの仕事場の近くのおしゃれな服屋に行ったら、こわいくらいすいていた。店員さんも「なんでもいいから買ってくれ」という雰囲気に包まれている。

店員さん「こちらのシャンプーは今度無香料のものも発売されるんですよ、よかったらその頃にもおたちよりください」

私「でも、このシャンプーは天然香料の香りがすばらしいと思うので、私はそれ、いらないな〜」

店員さん「そうですよね、いちばんいいところが香りですよね！」

なんだか全《すべ》てを見失っていて収拾がつかなくなっていて、心配だ。今、店ってみんなそのくらい困ってるかも。方針を今変えないと、そうとうまずいところが多そう。

不況のせいで、みんなちょっと気づきはじめている。洋服はそんなに買わなくてもいいってことを。

3月2日

お助けウーマンのまみちゃんと、舞ちゃんと打ち上げ的ランチ。とは言っても、彼女たちはまたフリマに出るので、私だけが打ち上げみたいな感じ。久々に会って、みんな女性&いろんな形で起業&企業を経験、かつ今はフリーランスでがんばっているので、はげみになるし、ただただ楽しい時間を過ごす。

赤ちゃんも抱っこさせてもらった。それぞれのチビのこれからについても楽しく話した。それぞれが違う持ち味で、はじめて会ったときよりもどんどんたくましくなっていっている。

チビは今の学校があまりにも楽しいので転校しないことにひとりでしっかり決めた。

友達もたくさんいるし、突然勉強が楽しくなり勉強が厳しい今の学校にいたいそう。私なら絶対楽を取るのにすごい。このあいだ見学に行った学校はいつでも受け入れ可&そのまま高校まであるので、進路は一安心。湘南《しょうなん》からも通えないことはない距離でばっちり。

チビは早生まれだから特に学年の遅れもなく、優等生ではないが劣等生でもなく、どちらかというと地味タイプで、こつこつと毎日学校に通っては宿題をしている。まったくまじめな子に育ったので拍子抜けしている。夫婦共働きでも、なるべく子どもと過ごす時間を大切にしながら、ほぼ毎日家でごはんを作って食べている。これ以外の生き方はないなと思う。

どんな職業の人でも人は毎日仕事をして、まじめに生きるしかない。他の道はない。人のうわさばなしをしたりして時間をつぶしているひまもない。そのあいだにぞうきんがけなどしたほうが体によいからそうしている。面白みも派手さもないけれど、かけがえがない。なにものにもくじけない地味だがすばらしい毎日。

3月3日

とあるわりと大きな会社がいきなりなくなるという驚き電話がかかってくる。私には直接の取引をする前だったからまあ、よかったけど、社員も気の毒だなあ。このあいだうちに二十個も大福を買ってきてくれたのが、いけなかったのかな（笑）。とにかく厳しい時代……ますますこつこついくしかない。

フラ。腰が微妙なのにトップダンサーにはさまれて踊っていて、あらゆる意味で気が気じゃなかった！　でもすごく嬉《うれ》しかった。生きてるといろんなことがあるんだなあと思った。麻雀《マージャン》ができないのに雀鬼会にいる以上、アイデンティティをフラダンサーに持っていくしかない（おい、作家はどうしたんだ?）ので、がんばろう。

先週も行った焼肉屋さんに寄ったら、このあいだがらがらだったのに混んでいた。妊婦さんを中心に猛然と肉を焼いてエロ話をしながら食べる。炭火って、すごくおいしいけどとにかく忙しいな、といつも思う。

３月４日

短編をしあげて、提出。気持ち悪〜い短編集を出そうと思っている。

矢野くんから信じられないくらい感動的なメールが来て「この人は好きなことを仕事にしてるんだ」というあたりまえの感慨を抱く。加藤木さんとも名コンビ。今の「新潮」の勢い、いつかはまた別の形になる。今しかないからみんな燃えている。そこをちゃんと見てあげたい。

ふまれたい会。たかさまがすばやく父を調整してくださり、頭が下がる思い。たかさまと両親との日々も、やがてまた別の形になる。今を楽しみたい。

3月5日

フリマを冷やかしにいったら、舞ちゃんとかつまたくんとタッキーがお店をやっていて、この三人の組み合わせ、もう絶妙すぎてなんとも言えない。天然というか天才というかメルヘンというか……スマーフの村に行ったたかと思った。もしもできることなら、この人たちと山奥で暮らしたい。

となりではお助けウーマンのまみちゃんがギャルとちびっ子たちと天才主婦と共に、ワイルドな服や陶器を売っていて、まさにこれぞフリマという感じ。自分がサンフランシスコにいるかと思った……！

夜はイーグルスのライブ。こんなにすばらしいメロディを作る人たちだったんだなあとしみじみ聴き入るも、ドン・ヘンリーを見るたびに着ぐるみかと思ってぎょっとする。あんなに大きくなっても人はドラムを叩《たた》きながら歌えるんだ……と変なところにしみじみ。ヒロチンコさんとのんちゃんと三人で一蘭《いちらん》に行くが、ライブのあとのこの店はあまりにも個人的すぎるね～という結論になり、お茶してやっとほっとした。

3月7日

かよちゃんと月曜のクラスの見学でスタジオへ。

マヘアラニ先生の優しい教えかたに触れて、なんていうか、優しい雨に濡《ぬ》れたみたいな、いい気分になる。一回も声をあらげないでていねいでささやくようで、でもはげましに満ちている感じ。泣きそうになる。じゅんちゃんが踊ってるのを見ても、泣きそう。いつまでもこうしてみんなでいたいのに、なんで時間は過ぎるんだろうと思った。かよちゃんとけしこに行ってひたすらしゃべる。かよちゃんとはずっとずっとふたりでバイトに入っていて、いつもふたりでいる感じがしたのに、さしでごはん食べるのがはじめてだったので、驚いた。

3月8日

幻冬舎の打ち合わせでアクアヴィットにスカンジナビア料理を食べに行く。うまい！　うますぎる！　うますぎるけどほとんど全てがなんだかんだいってベリーのソースだ！　でもそれがまたすばらしい完成度。

北欧に昔一度だけ行ったときの気持ちが生々しくよみがえってきた。バターとかイモだけでも信じられないくらいおいしく、全ての家のセンスがよく、みんなワイルドすぎてついていけないくらいワイルドで、水が硬水だから紅茶が信じられないくらいおいしく、夜になると全体がきらきら光って独特にメルヘンな感じに包まれ、船員にナンパされてもまるっきりメルヘンとしか思えなかった、あの感じ……。

夜中までしみじみ飲みながら、みんなで次の本への夢を育てた。

こういう時間があるから、本ができたとき嬉しいんだと思う。

3月9日

今チビの学校にいる多くのずっといっしょにいた子が、次の四月から別の学校に行ってしまう。だからこそみんなが今とても切なく仲がいい。今はママよりもそれが優先なんだ、そのことがチビから伝わってきて、これはもう私の人生ではないけれど、すばらしいことだ、と素直に思う。赤ちゃんと人生のひとつの時期が終わったことに淋《さび》しさはなく、自分の知らないことを知っていく子どもが頼もしい。おまえはおまえの人生を行け！　と思う。

ここぺりでとにかくほぐしてもらう。死にまつわるはりつめた感じがまだ体の芯《しん》に残っていて、身動き取れない感じだったけれど、ぐうぐう寝て起きたら少しだけ元気になっていた。弱っている気持ちをわかってくれることがなによりもありがたかった。

3月10日

フラへ。

とちゅうでクムがいらして動揺するも、原点に返るというか、始めたころの気持ちに戻って、ひきしまる思い。昔に聞いたひとことひとことが今身になっているのがわかるから、今聞いたことが必ず少し先の自分を支えるのがわかる。

来週でけしこが終わりだというので、もう一回行く。なんでもおいしいし、ごはんのたきかげんも抜群で、雰囲気もあたたかいし、隠れた名店だったのに！　いいお店ほどなくなる！

3月11日

ほんとうは夜沖縄に行くはずだったのに……！

チビを迎えに行く途中で地震。

車に乗っていてものすごい揺れで、ヒロチンが路肩に車を寄せたあたりから、これはまずいなという気持ちになり、体から心がちょっと離れて逃避しようとするのがわかった。向こうのビルのてっぺんがぐらぐらに信じられないくらい揺れていた。

時間をかけてなんとかたどりつき、チビをピックアップ。

いつもの午後なのに、全部が違う。人が道に出ているし。何回も地震が来る。ああ、日常はもう当分戻ってこないのだ、と察する。

家についたら、家中の割れ物が信じられないくらい無事だった。おじいちゃんの写真のガラスが割れてただけだった。守ってくれたのかしら、と思う。でも本棚の本はみんなどば〜んと飛び出していた。

はっちゃんが家と事務所に即来てくれて、あわててあらゆるキャンセルの手配をする。非常時のはっちゃんほど頼りになるものはない。エマちゃんとタッキーが帰れなくなり、ヒロチンが渋滞にはまり、海外とだけスカイプが通じ、ツイッターがいちばん知人の情報を集められた。

この頃初めてTVを観《み》て、信じられない光景に愕然《がくぜん》となる。

やがて電車が動いて夜遅くにみな帰っていき、停電の中にいたヒロパパ（根っからのサバイバーなので妙に生き生きとしておられた、かっこいい！　ほれなおした！）ともやっと連絡がとれ、ほっとして少し眠った。

知人やそのご家族や読者たち、東北のみんなが、どうか無事でありますように。

3月12日

信じられない！　こんなひどいことが起きるなんて。

東京はなんともないのに……もうなんと言っていいかわからず、いろいろな人の安否を確認する。

会社に泊まったのんちゃんを迎えに行き上野で京成線にトライするも、長蛇の列＆二十分に一本しか来ないというので、挫折《ざせつ》して同級生の塩崎くんち（千駄木団子坂下のイル・サーレ。とってもいいお店です！）に行ってお昼を食べて、とりあえずうちに帰る。

森田さんといっちゃんが来てくれて、まるでいつもの土曜日みたいで、なんだかハッピーになる。のんちゃんとチビものどかにしゃべっていて、自分の日常はいい日常なんだなあと思う。

ゼリちゃんのいない地震ははじめてだね、とヒロチンコさんと言い合う。いつも地震が来るとワンワン言ってくれたんだけど。

ＴＶを見ると悲しいニュースが多く、ツイッターにもデマ的なものや煽《あお》り的なものも混じっている。でも、おおむね、日本人はすばらしいという気持ちになって、やはりこの国の人たちの魂レベルはすごいと思う。

特にやることないから「ER」を観たりして、ただのお泊まり会みたいに楽しく夜を過ごした。ずっとTVを観ていても気持ちが沈むばかりで、「ER」を観ていたら（あんなにたいへんな番組なのに！）かえって気持ちが落ち着いた。きれいなもの、好きな番組、面白いもの、音楽、好きな人たちの声、そんなものに触れないと、おかしくなってしまう。逃避じゃなくて、不謹慎でもない。植物に水をやるように、心や神経も栄養がほしいんだ。自分の、たったひとつの大切な心や神経を弱らせる方が、不謹慎だと今は感じる。

3月13日

のんちゃんを送って上野に行き、涙の別れ。だって次いつ会えるかだれにもわからないもんね、今や。考えたくないけど。会えると信じてるけど。

まあ、そうは言っても、東京は、原発がもっと爆発でもしないかぎりは、たぶんわりと早く復帰すると思う。でもみんなものすごくがんばって米を買い占めているから、それじゃあオラは、と思ってワインを買った。あとはおつまみ。冷蔵庫よどうか動いててくれ〜。

生もの購入直後の停電の話に暗たんとしつつ、ツイッターを見ていたら、江口寿史先生が近所で個展をやっていて今ギャラリーにいるというではないか。速攻でチビと走って行ったら、ほんとうにふつうにおられて、感涙。私の高校時代の神、人生の救い主だ。あまりにも好きすぎて職権を乱用して会うこともできなかったくらいの、江口先生。いろいろあって死にかけたときもひばりくんを読んで立ち直った。死なないぞ、こんなふうに自由に生きてやる！　と思ったものだ。

サインまでしてもらい、もう、発狂しそう。

こんなときだからこそ、きれいな絵が、美しい色が、天才の姿が、嬉しかったのだ。

舞ちゃんに知らせたら、家から走り出てサインをもらいに行っていた。帰りにつきまさで「やった～！」とお茶で乾杯した。

3月14日

大地を守る会からふつうに食材が届いて、感動してしまった。すばらしい！！！

鍼《はり》にのんきに行き、子どもまでお灸《きゅう》をしてもらった。先生に「このガキがおとなしくなるつぼを教えてください」と言ったら、体質までみてくれて、ほんとうに教えてくれた。いつも通りの落ち着いた先生を見たら、なんか幸せになって落ち着いた……。

はっちゃんの独自の勘で、なんとかガソリンを入れることができたので、うちの車は一台だけ動く感じ。全《すべ》てのガソリンスタンドや大きなスーパーが次々閉店してて、なんだかものものしい。

舞ちゃんが寄ってくれたので、みんなで遅いお昼を食べて、コーヒーを飲んで、和む。こういう時間がどんなに救いになるか、わからないほどだ。人生ってなにがあるかわからないけれど、同じことで笑って、同じものをなんとなくテーブル囲んで食べて、なんとなく過ごすことはすごい力になる。

こんなに多くの方が亡《な》くなり、悲しいことをたくさん経験したし、復興にお金もかかるだろうし、これからももっときびしいことがいっぱい待っているかもしれない。でも「ザ・ミスト」や「ゾンビ」のラストシーンみたいに、それがどんなにかすかでも、いつでも希望を持って、生きられるかぎり、生きようと思う。体が生きているかぎりは。

3月15日

これまで、書ききれないくらいのいろんな経験をしてきた。生き死にのレベルから、スピリチュアル系から、とにかくたくさんの場所に行き、いろんな人に会い、いろんなものを見た。

だから、慣れた！　いきなり今の毎日に慣れた。慣れたらこっちのものだ。夜はヨーロッパみたいでムーディだし。

なるようになるだろう（たんなるものぐさ）。

昨日雀鬼会に差し入れに行ったら、みんなきらきら麻雀《マージャン》していてかわいらしかった。若い男の子たちって、いいなあ。

やけになってうちの三人&じゅんちゃんとうまいものを食べに行く。

もう飲んじゃえ、とグラッパなんか久しぶりに飲んだりして、心がいっぱいに満たされる。

アガペの人たちは笑顔で営業。帰りも外で見送ってくれた。寒いのに。

おいしいものを食べて、おしゃべりしていたら、暗い部屋の中、みんなの笑顔だけが輝いていて、いつかこの夜が最高の思い出になることがわかる。

アガペがなくなるとき、じゅんちゃんか私が死ぬとき、家族がばらばらになるとき、いつだかわからないけど。

それが人生なんだ。

3月16日

ヤマニシくんが来てくれて、チビの興奮マックス。ありがたい。あんな年齢で、日本のピンチを体験するなんてタフなことだ。やっぱり少し不安定になっているから、好きな人に会うのがいちばんのくすりだ。

事務所に行って、みんなと楽しく仕事する。仲間っていいな、と思う。海外へのコメントなど、やることがいっぱいあるから、みんなよく働いて、調和していて、いい顔をしているから嬉《うれ》しい。事務所をほんとうに自分のものだと思えたら、それはお金ではかえられない幸せだと思う。この雰囲気になったのは十五年ぶりくらい。やはり自分が行かなきゃはじまらないんだなと悟る。

3月17日

りかちゃんと放射能をものともせずにランチ。

お互いを一生敵に回せない互角の実力の強者どうし、静かにハンバーグを食べながら、ど～でもいい話ばっかりしてたら、かなり和んだ。やっぱり剣豪どうしはいいなあ。ふだん使ってない心の筋肉を使うから、存在自体がお互いにプラスになるのもわかる。

しかしまわりはみんなたいへんなことになっていて、面白いほど。

自分はおちついて晩ご飯を作るしかないから、作った。鶏《とり》の煮込み麵《めん》。

これから、へたなところで外食するといけない時期になりそうだから、自炊は基本だなと思う。

3月18日

駅のむこうがわに、すごい美人がいる、松尾貴史さんのカレー屋さんがある。味もおいしいけれど、彼女がカレーを作ってるところを見ると、異様に落ち着くのだ。ふだんから。なにをしていても変わらない、あわてていても、美しい、あの人はほんとうに心がきれいな人だ、という感じの女性。

それを聞きつけて大内さんがさっそくやってきた（笑）ので、じゅんこさんとチビもいっしょにカレーを食べる。大内さんの美人に対する、非常時でもかわらない積極性、見習いたいものだ！　おいしいし、みんなでいると楽しいし、なによりもはげみになった。

そのあとコーヒーがおいしいパルファンでおしゃべりして、今回の災害に対して自分ができることを話し、仕事の話もしっかりして、事務所へ。暗くなってくるとごはんを作りに帰る、この感じ、慣れてきたどころか、わりといいのかも……。

3月19日

今日も今日とて、前に予約していたイーヴォさん不在のイーヴォさんのお店へ。みなキャンセルしてしまったので、なんとなく戸田さんが淋しそうだったから、はりきって出かける。はりきったわりには食べっぷりはへなちょこだったけど、いっちゃんがいたから、いろんなものを頼むことができて、ハッピー。特にワインと肉がうまかった！

暗いからもう晩飯食っちゃう、飲んじゃう、爆睡しちゃう！　っていうパターンはなかなか原始的でよろしい。

3月20日

永野雅子さんが近所の日本茶喫茶で坂田学さんと打ち合わせだっていうので、むりにのぞきにいく。

チビが何回も「ねえ、あれ、彼氏？　彼氏？」と聞くので気が気じゃなかった。

お茶を飲んでいるときはみな平穏。それっていいなあと思う。お店ってやはりすばらしいものだ。場を人に提供するなんて、なんて尊い仕事だろう。

　みんな避難などしているが、いそうろうや家出ライフがたびたびあった私の人生、人の家に一週間以上泊まるなんてできれば二度としたくない。失うものはお金や時間だけじゃないから。しかも子連れ！　動物もいる。さらに、もしも宿泊施設に泊まったら、それは単なる旅行……。仕事を中断して行けるようなら、それはある意味おめでたい感じ。いや、非難してるのではなく、みんな行きたいところに行くべきと思うし、私ももし二十キロ圏内に住んでいたら、短期移住を計画すると思うので、全然かまわない。

ただ、今の段階では、自分はまだ動かないというだけだ。

3月21日

　どう考えても原子力発電所はもうたくさんだ、という気持ちになる。地震でさらに寒いだけでも東北のみなさん含めほんとうに大変なのに、この上放射能の心配なんて。暗いのも節約もなんでも大歓迎だから（もともとある意味とっても地味に暮らしていたから気にならない）。

常に次の技術は待機しているのだから、うまく切り替わるといい。

消費社会も飽和状態で、みないろいろ気づき始めていたわけだし。

だいたい、原子爆弾を落とされたことがある国なのに、なんで原発なんて作ったんだろう、あんなにたくさん。国民の意志まるっきり反映されてない。

政治的なことをあまり書きたくないけど、さらに言うと、東京でさんざん電気をつかいたおして、こうとなったらいきなり原発と東電を憎むっていうほうも、単純すぎる。

順番に、技術者の意見をしっかり聞きながら、悼《いた》みをもって、時間をかけて廃棄してほしい。そしてこんな地震ばっかりの国にあんなもの作らないでほしい。日本の技術は世界一なんだから。

神戸にもう二度と前の日常が戻ってきてないように、もうあんなのんきな平和ぼけの日々はどうしたって戻ってこないのだから、先の世代に目を向けたいものだ。

3月22日

歯が痛い……と思って歯医者さんに行ったら、痛いのは鼻腔《びこう》、花粉症のせいであった。

そしてつきそいできたチビが虫歯を発見され、なぜかがりがり治療されていておかしかった。

歯医者さんでは先生たちも助手さんもみなが歯のことばかり集中して考え、治療していて、地震の話題さえ出なかった。いいなあ、と思った。そういう地に足のついた、他にできることがないからできることをしている、人間の営みにはいつも心うたれる。あまりにも仕事が多かったので、全部投げ出して家族でカラオケに行ってしまいました……！

3月23日

陽子さんの結婚祝いの会で、浅草へ。

二十代のとき、いつも店のあと飲みにいっていた釜飯屋《かまめし》さん、あのすごいおいしさはほとんど油のおいしさだったことがわかる。若くないってそういうことなのね。わかっちゃうのよね。

久々にみんなの顔を見て、ほっとした。生き延びて、おいしいものを食べてっていうのは、ほんとうにいいことだなと思う。

3月24日

長年のフラ人生の中でも、もっともクラスがきらきらして、助け合って、いっぱい天使を生み出して、世の中に返した夜だった気がする。まるではじめてこのハラウに来たみたいな、生まれ変わったみたいな。みんながみんなを好きで、助け合って、大事に思っていて、いっしょうけんめいに踊っていたから、胸がきゅんとなった。

帰りはインドネシア料理店に、ビールを際限なく飲めるメンツで行ったから、ビールを際限なく飲んだ。この店、もうどこをとっても、ナシチャンプルがないこと以外はみんなインドネシアで、なんでもいいからあったかいところに行きたい欲がもりもりわいてきた。

3月25日

ゆうじさんに髪の毛を切ってもらい、ストパーなどかけて、のんきにいっちゃんとビールを飲みに行った。街も店もがらがらで、なんだか七〇年代みたい。ちょっといい感じさえする。

東京は消費も電気も人数も飽和状態だったんだなあ、とあらためてまた思う。

人と人のあいだの心地よい空間の大きさ、お店の数、電気の明るさ、お金の使いかた、一日に得る情報の量……肉体がある限り、基本的にそれってそんなに増えるものではないはず。そこをはずさない人生にしていこう、とますます思った。

不安になるのは簡単、こんなときは簡単でないけもの道をゆく！

3月26日

実家でふまれたい会。

体がかたくてびっくりする。まだ戦闘態勢にあるんですね、とたかさまが言った。たかさまはたかさまのやりかたでいろんな形で震災にあった人たちを助けていて、頭の下がる思い。自分も自分の形でやっていこう、こつこつと。名前も出さず、自慢しないで。なによりもたかさまを見ただけでほっとした。

しかしボケてるってのはある意味強いなと両親を見てしみじみ。

お父さんが体の痛みを「もうほとんど卒業しましたけどね」と言ってるから、「まだ人生を卒業しないで～」と言ってみた。

3月27日

レディージェーンの奥さんがいきなりチャリでライブにさそいに来たので、「地元だ！」と感動した。

古き良きとってもいいバーです。

もりばやしさんがこられなくて、原さんのワンマンライブになる。そしてこのような時に聴く「月化」は最高で、あまりにもしみてきて、もう長年ファンでいたけど、その追っかけライフの中でも五本の指に入るライブだった。この曲をこのときに聴けたからもうなんでもかんでも肯定しちゃうくらい。二十年以上追っかけてきてほんとうによかった、報われた思い。

悲しいときに悲しい歌を、世も末なときに末なものを、見たり聴いたりすることが真に癒《いや》しだということを、若者たちは意外に知らない。こんなときに元気の出るソングを聴いても元気は出やしないのだということを。

3月28日

わざわざ来てくれた早川さんを駅前で待たせながらも、カレーを食べたり無料でむりやり風水を観《み》てもらったり。

風水の盤を出したとたんに早川さんがぴしっとしたので、プロだなと思った。さすがだ。

歯医者さんへチビを連れて行く。今日もこつこつと歯を治すこちらもプロたち。職人集団のあり方に感動する。

宮本輝さんの「三十光年の星たち」を読んでいるが、それに似た感動を歯医者さんたちにおぼえる。あたりまえのことをあたりまえにやっていると、あるときひゅっと糸がほどけたようにものごとが進み始めたり、なにかを理解したりする感じ。就職できない人や、ただうつうつとしている人にとって、体であの感じがわかるから読むといいのかもしれないと思う。昭和の人たちのすごさを輝さんが最近こつこつと書いているのにやはり胸うたれる。私たちの世代が書かないと、だめなんだなと思う。

3月29日

「Grazia」の取材で、原田さん、木村さん、親くんという懐《なつ》かしのトリオがやってくる。去年この人たちと出かけたの、楽しかったなあ。

チビ疲れでよれよれだった私だが、なんとか取材を受ける。親くんは写真を撮っている時間よりもむしろチビと遊んでくれている時間のほうが長かったくらいだ。チビとふたりで出かけて帰ってこなくなり、なにかと思ったらチビの学級新聞をつくるために写真を現像しにいっていた。

しかし、親くんがちょっとレイアウトしただけで、チビの新聞、むちゃくちゃセンスがよくなって、ほんとうにびっくりした。字のバランス、写真のセレクト、完璧《かんぺき》だった。おそろしい、さすが「パープル」出身だ！　っていうかこんなセンスのいい人の前でオレ、うろうろしてていいのか？　と思うくらいの才能を感じた。

3月30日

高松へ。

早くついてしまったので、開放感いっぱいにマスクなどはずして、うっかり瀬戸大橋を渡ってしまい、さらりとうどんを食べてから倉敷へ。

瀬戸大橋、高くて長くてびっくりしたけど、わたる価値はあった！　夢みだって、景色がすばらしいんだもの。あちこちに小さな島影がかすんでいて、夢みてるみたいだった。

琴平花壇に帰り、さまざまな予約特典を短時間でむりやりにこなしながら、井伏鱒二と森鷗外が泊まったという古い離れでしみじみ過ごす。全体的に接客がでたらめだけどそれをおぎなうほどに感じよく、バリみたい。ごはんもとてもおいしい。人がいないのを見計らってチビと女湯に入って星を見たり竹を見たり。生きててよかったと思う。

文豪の霊が出ないかと待ってみたが、寝てしまったよ。

3月31日

朝からうどん。

おがわで細麺を食べ、金比羅山の奥の院まで千段以上の階段を上がる。ひざが笑ってどうなることかと思ったけど、なんとかなって、いっぱいいい空気を吸って、息抜きもばっちり。東京でもやもやして過ごしている人たちは、避難はともかく、息抜きはどんどんしたほうがいいな、と思った。ほんのちょっとの時間で、すごくゆるんだ。信じられないくらいのどかな感じで、場所が離れるとこうまで違うのか、と思った。

結論としては、奥の院までは行かなくっていいかなっていう感じでした。

本宮まででいいような。

しげみさんとなおみさんと待ち合わせて、さらにうどんを食べに行く。

大根おろしの店と、セルフの店。ほんとうにうどんがおいしいので、なにが違うんだろうと思うんだけれど、なにかが違うのだ！　しかもそれぞれの店にそれぞれ違うよさがあり、奥深すぎて一日ではわかりきれない！

あまりにも満腹になったので善通寺を散歩して、ものものしい東京へと帰って行く。

でもやはり東京が自分の場所だと思いながら。

岩手、そして福島のある地域の人たちは自分の場所にもしかしたらもう帰ることができないのだから、たいへんなことだ。それでも人間は生きていく。あのとき神戸から来たハルタさんが東京に根をおろしているように。もし東京が住めない場所になったら、私もいつかどこかに引っ越してそこで生きていくかもしれないように。だれにでもいつでも起こりうることなのだ。

羽田からいっちゃんを送って行った帰りに、フラ帰りの人たちと合流して、楽しく焼肉を食べる。仲間っていいなあと思う。顔を見たらいつでも同じ気持ちになれるから。

4,1－6,30

4月1日

希望的なことがなにもなくなるくらいの大勢の人が亡《な》くなってしまった日本だけれど、いちばん放射性物質の雨が降り注いでいたうえに寒かったある午後、チビと新しくできたラーメン屋の曇ったガラス窓から外を見ていたとき、なぜか、かすかになにか違うものが感じられた。それは希望的なものだった。楽しさと言っても過言ではないかもしれない。生きている感謝の気持ちとともに、その眺めをじっと見ていた。もう、元の暮らしには戻れないけれど、三歩くらい下がって少し素朴に考えてみるのはいいのではないかと思った。

朝倉世界一先生と打ち合わせ。朝倉先生のまわりにはいつも朝倉先生のマンガと同じ空気がふわ～とただよっていて、切ない。チビが「世界一の人だ！」と言いながら抱きついたりして、やりたいほうだいだったが、朝倉先生は「あんなにモテたのは久しぶりです」とおっしゃってくださったので、嬉《うれ》しかった。

表紙を描いてくださるなんて、夢のようだ。

眠れないたくさんの夜、彼の世界が私を支えてくれたのだから。

どの小説かは、もう、バレバレですね！

４月３日

くじけそうな体調や精神状態をひとつひとつ砂金を見つけるように丁寧に洗い出していって、小さい輝きを見つけたらそれをきれいに並べて、そこからできることをする、そういう感じの作業をずっとしている気がする。手を動かすことがいちばんだ。

夜は久しぶりに海苑《かいえん》に行って、辛い鍋《なべ》を食べて元気を出す。鍋を食べ終えた頃にはみんな笑顔になっていて、気持ちが落ち着いた。

４月４日

実家に顔を出す。なぜかもんじゃであった。思い切り窓が開いてるし、マスクするとか考えてもいないし、酒で消毒だとか言ってるし、なんだか気持ちが変に楽になった。楽になっていいのかどうかわからないが。

チビは学校がなくて力がありあまっているので、走り回ったりもうたいへん。猫もみんな逃げ出したくらい。

そんなチビと姉はふたりで二階に行ってしまい、数分後にイカ人間になった姉と逃げまどうチビが降りてきた。イカ人間コスチュームはゴミ袋で作られていて、頭と胴体はちゃんと分かれていて、脚も十本ついている。うむ、短時間でよくここまで。しかも姉は、「このかっこう、あたたかくていいな〜」と言ってそのまま外に出て行ったのでびっくりした。

4月5日

町田の牌《パイ》の音に桜井会長との対談をしにいく。

会長の意見に常に全面的に賛成してるんだから対談してもしかたない、というくらいの尊敬ぶりなのだが、行ったらちょうど被災地にまぐろや物資を届けるトラックを手配している最中で、その手配の手際《てぎわ》とか、ほんとうに相手のことを考えた物資のリストを見て、かなり感動した。若者たちはみんなてきぱきしていて、すがすがしい顔をしている。やはりいい集団だ、と思った。

会長は私が思っているよりもうんと大きく、孤独で、そして幸せな人生を送っていることがわかったし、いちばんわからなかった秘密もすっと胸に入ってきた。会長がその不思議な力で私の最も深いところに真実をすとんと打ち込んだのがわかった。

あんな人がいるのなら、まだ生きてみてもいい、あんな人には絶対なれないが、自分なりに一歩ずつでも歩んでいきたい、その気持ちがますます深まった。

４月６日

タッキーと「アンチクライスト」をやっと観《み》る。

観ようという企画がたってから、どれだけかかったことか！

そして私があの監督を苦手なわけは、えげつないからでも、やりすぎるからでも、男尊女卑だからでもない、登場人物たちの関係性の中に真実の愛がひとかけらもないからだということがわかった。愛とは甘い意味の愛でもなく情でもない。この世のすべてに入っている力だ。しかし、それをていねいに排除して描くから人物がぺらぺらに薄い。

たとえば「アイズ・ワイド・シャット」はシビアな内容だし、へんてこりんな映画だし、冷たい関係性なのに、なぜか愛が映像からしみでてきていた。この世への愛、人類への愛。

そういうのがないから、恐怖も恐怖になりえない。でも確かに男女って基本ああいうものだから、間違ってはいないのもわかる。しかしそれを描くにもやはり奥行きが必要なのではないか？　と思いたい。

それにしても、あれ、すっげ〜痛そうだな〜！！！！

シャルロットさんはいい年のとりかたしてるな〜。

4月7日

腰が実に微妙な状態なので、おそるおそるフラへ行く。

でも、あまりにもみんながいい顔をしていい踊りを踊っているから、幸せになって、腰もそれ以上は悪くならなかった。

飲み助メンバーで居酒屋に行って飲んでいたら、大きな地震が来てびっくりしたけど、なんともいえないいい人たちといっしょなので、こわいとは思わなかった。いつもこんな感じだといいなと思う。

4月8日

とにかく腰のための一日。ストレッチをして、鍼《はり》に行って、末ぜんに行って（これって腰と関係あるかな？　いや、腰にも喜びを！）、イエメンのおいしいコーヒーを飲んで、そのあとロルフィングに行く。これだけすれば腰も「しかたないな」と治ってくれることを祈りながら、のんびり帰宅して、ごはんを作って食べた。

ヒロチンコさんに去年からのいろんなことを相談していたら、もう涙が止まらない状態になって、これは地震のストレスじゃないのがかえってこわい、と思った。見たくないから見ないようにしていたことを、パズルのピースがはまるみたいにはっきりと見てしまったからだ。しかしヒロチンコさんはいつも的確で落ち着いているので、ほんとうにこの人といっしょになってよかった、と思った。

ゼリ子は死ぬし、地震だし、原発だし、悲しいこともあるし、なんて言ってるときりがないし、意外にそういう心境にならない。生きているすごさのほうがしみてくる。

4月9日

えりちゃんに会いに行く。

とても悲しい信じられない話をしていたはずなのに、わかってもらえるというだけで、安心して、なんだか泣けた。えりちゃん、長い間のおつきあいで、こんなに大きく柔らかくなって、こんなにすごくなって、って思うだけで泣けるくらい。はじめて会った目白の店のカウンターで、まだ二十代だったんだ。帰りの車の中で、涙がこぼれるのを止められなかった。それは生きていることのすごさとか、これまでいろんなことがあったえりちゃんと私の歴史とか、長いあいだ友達でいてくれて全部を見てくれていた感謝とか、それぞれの場所で強者どうし、それぞれに孤独にがんばってきたのをわかりあってるとか、そういうのも含めた涙だった。

たぶん私の人生は私が私であるかぎりいつでも同じように悲しいもので、奇跡は起きないだろうし、ものごとはただいつもの悲しみへと進んでいくだろう。それでも生きるしかない。希望だけは捨てず可能性をおしひろげるしかない。

夜はなぜかチーズフォンデュをやろうということになっていたので、買い出しに行って、あてずっぽうに具材を買う。舞ちゃんとのんちゃんが来て、いっちゃんがすごい勢いでチーズやパンを刻み、なんとかしてフォンデュが実現した。フォンデュって、チーズでもオイルでもチョコでも、正解がない感じがするんだけど、舞ちゃんがスイスでほんものを何回か食べたけどこれほどおいしくなかった、というので、ほっとする。確かにパリで食べたときも、酒鍋？　というくらい白ワインの味だった気がする。チーズ多めのほうがおいしいと思う。

4月10日

のんちゃんと酒も飲まずに朝の鳥がなくまでしゃべってしまった……女子高生か!?

いや、女子高生だった頃の私の酒量は、正直言って、今よりも多かったデス……！

でもそのあと爆睡したので、わりとすがすがしく起きる。

チビは明日から学校なので、とても不安定。だから、落ち着いた声で話しかけるように心がけたら、心がけてから一時間で落ち着いてきた。そんな単純な！　と思ったけれど、そうだ、これでいいんだ、となんだか腑《ふ》に落ちた。相手が子どもだからじゃない、大人だってきっと同じなんだ、と思う。

タイラさんのチャリティのお皿やキャンドルポットを買って、タイラさんと会話したら、とても平和な気持ちになった。

チビと立田野に行って、甘いものを食べたりわけあったりしていたら、こんななんてことないことがいいなって思えることが、いちばん幸せだというのがわかる。地震はとても悲しいことだったし、原発の真実を知ってしまってもう戻れないのも確かだから課題はいろいろあるけれど、みんなが「退屈だ、いつもの立田野で甘いものなんか食べても、私の人生はいつも通りだ」みたいな飽和状態にあったところから叩《たた》き起こされたのは、せめてものよい面ではないだろうか。もう麻痺《まひ》しないでほしい、だれもが。

人類の少数の人たちによる支配構造も変わりはしないのはしかたないかもしれないけれど、その少数の質がシフトしていくことに希望はなくもない。

4月11日

久しぶりにひとりの時間……

実に一ヶ月ぶり！　いやあ、お母さんってほんとうにたいへんですね。

もう心の中がどす黒くなりそうでした……。

夕方、家族＆タッキーで「ザ・ライト」を観に行く。

とてもいい映画だったし、アンソニー・ホプキンスがこわすぎるのもよかった。

ものすごくイタリアに行きたくなった。

途中いちばんこわいところで、地震が来ていすが大きく揺れたので、もはや笑ってしまった。

プレゴプレゴで軽くごはんを食べて、エクソシズムについて語り合う。悪とか悪魔という概念について、日本には日本の同じ感覚があるのにはわけがあると思う。私はある程度しかオカルトによってないけど（ほんとに？　という多数の声は無視）、もののごとに執着しすぎたり、自分をとりつくろいすぎて空っぽになった人が、その空洞になにかを呼び入れてるところはよく見る。そして見たら走って逃げるようにしている。

４月13日

ヤマニシくんとお昼を食べてから、ここぺりへ。

まるで平和な日常だけど、やっぱり気合いがなんか違う。みんなが命をだいじに思ってるし、亡くなった人たち、今たいへんな人たちのことをどこかで思ってる。

美奈子さんにだらだらとこのところのことを話しながらほぐしてもらったら、なんだかはりつめた体がやっとほんとうに元に戻った感じがした。

夜はじゅんことたかちゃんのメイク教室を見学しに行く。

ごはんを食べながら、またもだらだらとここのところの話をしていたら、少しだけ気持ちが軽くなった。かなり助けてもらった気がする。それぞれ年齢も家族構成も仕事も違う人たちだけれど、働く女性ということでは同じだから、こちらがピンチだと思うとちゃんと聞いてくれて、ありがたかった。その人たちのピンチにもかけつけられるといいなと思う。

４月14日

フラへ。

何年間も習ってたけど、いつも出産したり腰をいためたり忙しくて休んだりしていてハンパな形だったが、はじめてホイケの曲をちゃんと覚えた。そして本番の並びで練習していて、欠席のおぬきちゃんの代理であこがれナンバーワンのジュディさんのとなりで踊った。こんなことが人生にあるなんて、オレって、オレって、もしかしてフラ踊れるんじゃ！

だめだめな私を支えてくれた、じゅんちゃん、ルアナさん、ありがとうございました。そして見守ってくださったクム、プナヘレ先生、ありがとうございました。ばなな子は階段をあがりました。たった一段だけど……。

もうこれで本望だと思い、大満足してビンタンビールを際限なく飲んだ。ふゆかさんとじゅんこと私がそろうと、おそろしいビールトライアングルができて、空き瓶が酒屋かと思うくらいに並ぶので、お店の人もぎょっとして、デザートのオーダーさえ取りにこなかった。

4月15日

舞ちゃんと、タッキーと、加藤木さんと、江口寿史先生と、大滝詠一とあまりにも声が似ている上に歌がうますぎる（プロだもん）いちかたいさんと、ヒロチンとチビとで、カラオケ大会……。

なんでこんなことになったのか全員がよくわからないままに、舞ちゃんとふたりで、江口先生の前で「ストップ‼　ひばりくん！」を歌い上げる。これって、あらゆる角度からすごすぎる状況で、高校生のときの私に言ったら、きっと失神すると思う。

江口先生の全《すべ》てが江口先生の世界で、体の線のタッチとか歌とかしゃべりかたとか全てがあの絵を創《つく》っているということが伝わってきすぎて感動して発狂しそうだった。

やはり彼は間違いなく天才。そして彼がひばりくんだ。あまりにひばりくんが彼すぎて切実だから、あのマンガがこれほどまでに人々をひきつけるのだ。

天才が線をひくだけで、他の人には絶対にできないことができてしまう。本人はもちろんそのことを知っている。だから人一倍努力もしているけれど、そう見えない。というのも天才には他の人がなんとなくできてしまうことが苦痛でしかたないから。

そんな歴史がひしひしと伝わってきて、これがまた感動のつぼ。

青春のすべてをひばりくんに捧《ささ》げてよかったと思った。

4月16日
昼間はばたばた忙しく過ごす。

夕方はH&Mに行って、春用のやす～い服を買い、陽子さんと合流してお茶した後で、フラ帰りのおじょうさんたちと焼肉を食べに行く。

ふゆかさんに「どうやったらおじさんにモテるの？」と聞いてみたら、「おじさんを心から愛することです。それ以外にはありません」と言われた。道のりは遠し。

4月18日

赤ちゃんが見たい欲も高まり、したがってもう赤ちゃんではないくそ生意気なチビとけんかしながら、舞ちゃんに間に入ってもらいながら、なんとか横浜のお助けまみちゃんのところへ遊びに行く。

お姉ちゃんが赤ちゃんをよたよた抱っこしてて、お兄ちゃんが無言でチビにりんごジュースを入れてくれて、胸がきゅんとなった。

子どもたちの、はじめは距離があるけどだんだんだんごになってはしゃぎはじめて、体をくっつけあってもうこの世にこれ以上親しい人はいませんっていう感じになってきて、バイバイするとき半泣きになる感じって、もうほんとうに愛《いと》おしい！　何回見てもかわいい。

今日行ったお店は、山の上にあり、完全にバリとかオーストラリアに行き慣れたヒッピーにしかわからないいくつかのコードがある店。たき火もできるし、なにをしてもいい。演奏してもいいし、子どもがハンモックやダーツで遊んでもいい。でもだれかが必ず見ているし、行き過ぎればだれかが止める。こんなすてきな無法地帯があるなんて！　と感動したけど、人の心は自由なんだなとも思った。もし私の人生が不自由だったら、それは私の心が不自由だからであって、だれのせいでもない。

4月19日

佐々本さんの送別会。

雨だからっていうのではなくて、ほんとうに淋《さび》しい気持ち。毎日新聞の人たちはほんとうに仲がよく働いている感じのチームなので、だからこそひとりが抜けていくとき淋しいんだろう。ちょっとバンカラな気質がまたなじみやすい。

このところの毎日新聞の地震関係の記事のすばらしさ面白さはハンパじゃないと思う。

4月20日

ペプラーさんのビールの番組の収録でJ-WAVEへ。

飲みながら食べながらも、いつものすばらしい声でさくさくとしゃべる彼はほんとうにすごいと思った。ほんものだ～！　と思ってずっと感動していた。賢いし音楽にほんとうに詳しいしスピリチュアルだしすてきな方です！

会社帰りののんちゃんと浴びるように串《くし》あげを食べて、全体的に満腹で帰る。串あげって、すしといっしょで次に何が来るかわくわくしているからあんなにたくさん食べられるんだろうな……。

4月21日

桜井会長と対談。今回はさすがに少しだけ前に出てみた。

すると、会長はさらに前に出てきた。

すごいなあ……あの間合い。武士です！

会長と小田さんと三人でエロ話をしながら北海丼《ほっかいどん》を食べたの、妙に幸せだった。

階段の上に立って腰痛アドバイスをしてくれる会長の姿が小さい男の子みたいに見えて、ちょっと泣きそうになった。

4月22日

森先生に会いにチカさんもいっしょに北の世界へ。

寒くてびっくりした！！　まるで冬みたいな空の色。

しかし子犬ちゃんがいたので、子犬が疲れ果てて寝ちゃうまで遊んだ。森先生の全ての発言を一刀両断に斬《き》るすばるさんに一同感動したが、今回はそこにチビも加わり、森先生に「ねえ、何時ごろ寝るの？」とかチカさんに「ほんとうにマンガ家？　マンガ描いてよ」などと言ってるのでドキドキした。

全てにびっくりしすぎてまた焼肉食べちゃった。

4月23日

ストラマーズのライブ。

人は全部とにかく見た目に出ちゃうということが、またもわかった。ほんとうにごまかせなくてこわいことだけれど、音楽性も生き方もみんな見た目でわかる。どんな歳月を経てきたらあんなすっきりした人々と音楽になれるのか、その前で皮肉っぽい理屈はなんの意味もない、そのことを学ぶ。舞ちゃんと牛ちゃんとお好み焼きを食べて、平和に帰る。

4月25日

ひなのちゃんの本を読んで、妙に元気が出る。

体調もよくないし、気持ちも沈みがちなのだが、この振幅の百倍くらいの揺れを経験したであろう彼女の、やはり見た目が私を救う気がした。見た目は全てだ……。

「ひなのちゃんは幽霊がこわいから、寝る前に『ドラえもん』を読むらしいよ」とチビに言ったら、「まさに同じ、同じ気持ち！　運命の人かも」と言っていたが、息子と嫁がふたりでドラえもんを読みながら恐怖をなだめて眠ることを思うと、結婚してほしくない。

4月26日

昔から通っている、もちろん「もしもし下北沢」にも出ている焼肉屋さんにじゅんちゃんと行く。おいしいし、安定してるし、これ以上にすばらしいことってないね、というくらいに懐《なつ》かしい家族たち。歳《とし》をとるって懐かしい人たちが増えていくことだなと思う。

4月27日

龍先生の「心はあなたのもとに」を読んで、ものすごく落ち込む。こんなのが書けるなんてもうそんな人生経験、知りたくないっていうくらいに。なんといっても、彼女のメールの文体がリアルすぎて、フィクションと言われても容易には信じられない。しかもオチはわかっているのに、こんなにつらいなんて。うますぎる！　あまりにもうますぎるのだ！　特に最後のほうのパーティの場面なんてもううますぎて吐きそうになった。

4月28日

朝倉先生の表紙ラフができてきて、なんだかわからない涙が出てくる。もうなにもいらない、くらいの気持ち。すてきすぎる！

夜、東京駅に集合してチビと私とのんちゃんで珍道中の軽井沢へ行く。のんちゃんは二十四時間起きっぱなし、私たちはかけこみでなんとか。

あまりの寒さと星の多さにびっくりしながら、真っ暗な中温泉に行って倒れるように寝る。のんちゃんの言葉「蛍光灯が好きなのに……ここ、暗い……」そう、この宿は暗いのだ。私も慣れるまで泣きそうだったよ、とはげます。

4月29日

ぶらぶらしながら澤くんを待ち、車に乗せてもらって雪の残る浅間山を見ながら、いっしょにエンボカへ行く。立地と混み具合と値段がぴったりの珍しいレストランである。

澤くんって、なんであんなにすばらしいんだろう。判断されてない気持ちで会える人って珍しくって、ほんとうにかけがえがない。

昨日、サウナにものすごい美人（たぶん素人《しろうと》さんではない）がいて、チビに話しかけてくれたので、チビは有頂天になりそのもようをすご～く露骨にマンガにしていた。ラストは「しかたなくのんちゃんと温泉に入った」というもので、作中のママのはだかもその美人のはだかにくらべてかなりいいかげんに描いてあり、一同立腹！　男って……

4月30日

星のやのスパの責任者のお姉さんがとても熱心な読者で、私の本をずっと読んでいてくれていた。そういうことっていちばん嬉《うれ》しい。こうやっていろんなところに浸透していれば、賞はいらないとほんとうに思う。

ではなぜカプリ賞を受けたのか、それは、単にカプリに行きたいからです……。

雨だったので、のんびりと茜屋《あかねや》でコーヒーを飲んで帰宅。淋しかった猫にモテモテ。

5月1日

実家で母のお誕生会。だれも何歳かおぼえてないし、母の食べるものがあんまりないし、なんというか、のどかだった。ケーキを切るのが得意なヒロチンコさんがいないので、切ってるうちに崩れたりして、みんなに「どうか離婚しないで」と言われた。ケーキをうまく切れるのは彼しかいないから、とまで……！

5月2日

ウイリアムと対談。

今回ほど、ウィリアムに会えたことがしみてきたことはない。彼のすべてが私をほっとさせた。ヨッシーも健在で、みな無事に会えたことが嬉しいと思う、いいメンバーであった。途中ケビン・ライアーソンさんも合流して、みなで晩ご飯を食べる。

チビがケビンに「ナポレオンはもう生まれ変わってるの？」という突撃質問をしていて冷や汗をかいた。自由だな〜！

人にない能力があり、それをお金のために使わないことに決めたふたりは見ていてすがすがしかった。

5月3日

フィッシュマンズ＋のライブ。雨どしゃぶりの野音、たまたまとなりには高山なおみさん。なつかしい！　ずぶぬれでいっしょに歌って踊ってハッピーだった。このこと一生忘れない。みーさんを見たらすごくおなかがへってきて、自分の露骨さにもびっくり！

チビもやけくそになって、ｚＡｋさんと餡屋さんが呼ばれたとき叫びまくって踊りまくっていた。

七尾旅人さんが歌うところをはじめて見たが、歌うために生まれてきた人だなあ、とあらためて思った。ひと声が空気を変えて、なにもかもゆるされる。そういう意味で郁子ちゃんと同じものを感じた。

やくしまるさんは、時代が熱望している人特有の「なにをやってもすごい」感があって、それもよかった。

いずれにしても「A Piece Of Future」には泣いた……Ｂｏｓｅさんもすばらしかったし、ほんとうにそのとおりだと思う歌詞だったたし。自分が泣くと思わなかったので、それにも驚いた。テーブルの向こうの君だけが未来のかけらだって、そりゃもうそれだけで佐藤さんは天才だ！　すごい言葉だと思うもん。そしてあのバンドにおけるヴァイオリンの重要性をまたも感じた。彼らのライブを見たときは私もまだほんとうに子どもで……いろんなことを思い出した。

チビがなんとなく把握してフィッシュマンズ風な即興作詞作曲をして歌っていて、ああ、きっとなんかこういう感じだったんだなと心底尊敬的に思う。

飴屋ファミリーにあいさつをして、雅子さんと園子さんとごはんを食べに行く。

そういう全部が懐かしい感じだった。

5月4日

軽井沢の打ち上げでスペイン料理を食べに上野へ。

のんちゃんとチビと三人で末広町までてくてくと歩いていく。

上野って、言葉にできない自由な感じが漂っていて帰りたくなる。子どもの頃に。

実家に帰ったら親たちはぐうぐう寝ていて、それもまたよかった。

思い出を重ねるごとに全部がよくなっていく感じだ。

しかしヒロチンコさんがいないと家事と動物の世話が二倍になって、夜明けまで毎日眠れない！　なんかチビも起きてるし、むちゃくちゃ。

5月5日

気持ちが冴《さ》えないときは深くその中にもぐるしかない。

楽しくなろうとしてもしかたない。

そしてその中で変な瞬間を見つける、自虐《じぎゃく》でもないし、ハイパーなのでもない、変なおもしろ瞬間。そこからずるずるっと楽しくなることがある。それこそが自分愛なんだなあ、と思う。

5月6日

いざ京都へ。

取材なので真剣だ。真剣なのにちっとも地理がわからない……。

とにかくとりいそぎもち料理きた村へ行って、もち的料理を食べまくる。あまりにも腹にたまったので、ホテルまで歩いて帰る。ホテルの人たちが信じられないくらい優しくて、じんとくるんだけど……このデザイナーズホテル、あまりにも、あまりにもラブホに似ているのです。いっちゃんに「ラブホ風の写真が撮りたいんだけど」と言ったら、ラブホにいる風のピースサインそして背中の姿勢、表情、うつりこんだTVなどあまりにも完璧《かんぺき》な写真が撮れてしまい、生まれて初めて私は悟った。カメラマンになりたい人がなにをしたいのか！　最初で最後の天才カメラマン体験は小説書くのと同じくらい最高だった！

5月7日

十五年くらい使っていたリュックが突然ぶっこわれたので、はりきって新しいリュックを買い、錦《にしき》にもちょっと寄ったり、マンガミュージアムでベルばらの原画を見て思わず読み込んで泣いてしまったりして（あんなにすばらしいマンガだったっていうことをあらためて思い出した～！）、奈良へ向かう。大神神社でちょっとした奇跡を見て、やっぱり神様っているんやわ、と関西弁で思いました。

稲熊さんちでおさしみやおいしいおすしやすばらしいお惣菜《そうざい》をいただきながら、西尾さんと高井さんと楽しく過ごす。いいなあ、たまにしか会わなくてもみんなの人生をずっと見ているのって。その中心に稲熊さんがいて、その空間を支えているのは奥さまのすごいお料理だ。いろんなことが少しゆるんだのを感じた。

5月8日

神社でおはらいをすると、その日の夜すごい悪夢を見たり、頭痛がしたりするんだけれど、それって奥のほうにためてるものがじわっと浮き上がって表面に出てきてるんだって思う。今日は貴船あたりを取材するので、まゆみちゃんちにまず寄る。むかいくんにも久しぶりに会えて嬉しい。子犬ちゃんをいっぱい抱っこして、触って、とてもすがすがしい風が入る明るいまゆみちゃんたちのアトリエで筍《たけのこ》ランチをいただく。机に貼《は》った紙に直接メニューを書き込んだり、説明のための絵を描いたり、なんて自由なまゆみちゃんの心。いつでも深く尊敬している友達だ。まゆみちゃんに会うと、自分がいつのまにか小さくなっていたことに気づいていつも反省する。

私のすごい女友達って、みんなTVを見ないし新聞も読まないし、ネットもあんまり見ない人が多い。私は全部大好きなので失格だけど、たまに情報シャットアウトは有効かも！

大田神社のうらの小山に上ったり、お茶をしたりしたあと、ひたすら鴨川《かもがわ》を下る。

たくさん歩いて、飛び石をわたって、チビがへとへとだけどちょっと大人になった。私も足の裏に豆がいっぱいできたけど、元気になった。

HANAというおいしい店に飛び込みで入って、各国の料理を食べながら女子どうしで話した。

5月9日

いしいしんじさんとひとひちゃんとそのこさんと、おおきに屋ですばらしいお昼ご飯をいただく。お店のご主人といしいさんの関係もいいし、いいなあ。みんなではじめて会った気がしないで過ごせたのは、赤ちゃんの力と小説の力。作家ってみんなその作品を背負って歩いてるって思う。同じムードがある。

みんなでガケ書房に行った。

おおきに屋でランチ食べて、ガケ書房であういう感じの本をじっくり見て、川沿いを散歩できたら、たいていのことが少し軽くなると思う。京都ってすばらしい、文化ってすごい。京都の深さに大人の面では接してないけど、懐《ふところ》が深いから私みたいなヒッピーさんにも居場所がある。

東京もそういう街になっていってほしいと切に思った。みんながお金をとったりとられてただふみにじって去っていく街ではなくって。

5月10日

久しぶりに結子のところへ行く。いろんな衝撃情報を得るが、全部受け止めた。受け止められない試練は来ないと信じているから。

いっしょに春風の中久々にビールを飲んだのがとても幸せだったし、衝撃情報は結子にしかわからないとしか思えない洞察に満ちていたから、これまでのふたりの長い歴史をひたすらに大事に思った。自分の人生は自分のものだって、あらためて思い、さまざまな決意をかためた。

5月11日

ここぺりでほぐしにほぐしてもらう。眠くて眠くて三時間寝っぱなしの上、家に帰ってからも寝た。奥から奥から疲れが出てきて、もう止まらない。こういうときは寝るしかない!

神社、結子、ここぺりってすごいヒーリングコースだ! すっかり生まれたてになった。

5月12日

採血して検査料も六万円でとってもブルーになりながら、栄養を取り戻さなくっちゃ！　と思ってはっちゃんとウニのパスタを食べた。

雨の中、午後はキョンキョンと対談、久しぶり。

前に会ったときは元気なくって、体調も悪そうで、いたたまれなかったけど、今はお肌ぴかぴかの美人&すごみも増して、人間国宝と言ってもいいくらいの迫力&美しさだった。あんな人がいるなんて……奇跡的だと思う。全部が作り物みたいなのに妙にリアルで切実で切なくて泣けてくるほどきれいな、オレたちの世代のダークな宝物、キョンキョン。あんなにすごく成長するなんて、すごい！　ますます尊敬したし、自分もがんばろうと思った。オレはいろんな人に甘えてないか、ゆるんでないか？　ひとりで闇《やみ》に立てるのか？　彼女はやっている、自分もそうあろう、そう思った。

あと伊賀大介さんにスカートのごみを取ってもらったの、ちょっと自慢にしよう、しばらく（小さい！）！

5月13日

クロックスにかたっぽうだけの子どもの靴を修理してもらおうと車からさっと降りて持っていったら、なんと太っ腹なクロックスよ！　その場で無料で直してくれた……上にそのあと車がなかったので、子どもがそばにいないのに、歩いているあいだずっと子どものかたっぽうの靴をぶらぶら持っているあやしいおばさんに！

ウィリアムとヨッシーと早川くんと、タイ料理やさんでおいしいごはん。

あまりにもウィリアムの言っていることと意見が違わない（これは桜井会長も同じである……ほんとうにすごいおじいさんたちはとにかくすごい！）ので、ただ楽しい。でもその中でももらうだけではなくってこちらも出そうと思って、いっしょうけんめい英語で話したり、思いを伝えようとすると、きらきらと光が舞って何かが生まれるのが見える。人間ってそういうものなんだなって思った。

5月14日

ホイケ。

いつもながら自分のクラスのときには緊張してしまう。

しかし、信じられないくらい調和していて、みんなほんとうに感じがよくって、しみじみしてしまう。いいクラスだ～！　みんながそれぞれ自分のクラスをそう思ったら、いちばんすばらしい。

いろんな人が去って、いろんな人に出会って……

執着しないことがいちばんだいじなんだなと感じる。

へろへろのまみちゃんとじゅんちゃんとごはんを食べて、つられてなんとなくへろへろになる。

5月15日

帰れなくなって泊まっていったのんちゃんと、むりやりにまみちゃんのバイト先へ行ってランチ。昨日の今日でバイトをしているまみちゃんすごい！　すごすぎる！

チビもいっしょにのんびりと散歩して、植え替えなどする。

植え替えをして土にまみれたり、思い切り日向《ひなた》にいたり、雨で水浴びしたり、庭のハーブをもぎって食べたり……そんな当然の、人間としていちばんあたりまえの権利を今私たちは奪われている。そのことを感じずにはおれない。

5月16日

ふまれたい会で実家へ。たかさまの悟りの話を聞いて、ふむふむと納得しつつ、姉が「今日はごはん軽かったね、ごめん」と言いながら持ってきた牛煮込みの上にポテトとチーズが乗っていて焼いてあるというすごいものを食べる。冗談で言ってる気がしないのがこわい。一皿食べたらぐっと腹一杯になり、たかさまとなにも言わずにしみじみ目と目で語り合った。

5月17日

この日記も、多分今年いっぱいで終了する予定である。時代は変わった……早め早めに手をうたないといかん。だいたい貧乏で事務所存続もあやしい……！

そのかわり、月いちくらいで特別エッセイを書いたり、みんながいやがるほどタイムラインを占領してツイッターをやっていくつもりなので、安心？ してください。

たかのてるこちゃんのジプシーの旅番組すごかった。ジプシーは悪者にされやすいけれど、おそろしい迫害を受けてきた民族だし、人間中に入ってしまえばみな同じで、いい人と悪い人、気が合う人合わない人がいるだけなんだな、と思う。どの国でも、てるちゃんに会うとみんな笑顔になる。本も出てるみたいだから読んでみよう、とロマ（ジプシーのこと）の人たちのかわいい顔を見て思った。

5月18日

自分がなにに向いていてなにに向いてないのか、五十近くなってやっとわかってきた。遅い！　なるべくいやなことをしないのが健康の秘訣《ひけつ》であることも……。予約のとれないビストロバカールにいろんなコネでじゅんちゃんが決死の予約を取ったというので、出かけていく。たしかにおいしい。サービスの人も傑作なくらい気さくだったが、シェフがすごくいい顔をしていた。近所の名店という感じ。じゅんちゃんと食いしん坊を炸裂《さくれつ》させながら、三時間もごはんを食べてしまった。

5月19日

野村佑香さんに誘われてお芝居「鳥瞰図《ちょうかんず》」を観《み》に行く。

お芝居のいちばんこわいところは、舞台上の人と目が合ってしまうところである。

佑香さんが気づいてくれたの、すっごくよくわかった。

あまりにもあまりにも自分の地元に近い設定だったので、懐《なつ》かしい気さえした。

・だいたいいつも家に数人が立ち寄ってしゃべっていく

・そういう人には基本的に毎日会っている

・なにかを作ったらとにかく近所に持っていく
・すそのが広くてだれでもひきとったり泊めたりする
・とにかくいつも手伝い合っている
・テンポよくしゃべり、ものすごい毒舌
っていうのは、人間にとってデフォルトの設定だと思っていた私は世田谷に引っ越してほんとうにびっくりした！　ものだった。しかもだいたいみんなに嫌われる。やりすぎだ、毒舌だって。

佑香さんはかわいくてきれいでスタイルもよく、しかもいい人である。ずっと前からやりとりがあり、共通の知人などもおり、初めてしゃべった気がしなかった。

台湾料理屋により、そのしょうもない接客（気さくだけどでたらめ）、しょうもない料理、そういう店に必ずいるゲロ級の酔っぱらいなどなどをいっちゃんと「こういう店が結局いちばん楽しいよな～」と楽しみながら、ビールを飲んだ。

5月20日

病院へ。ひっかかったがん検診の疑いも晴れて、晴れ晴れとタンメンを食べる。渋谷じゃない方、富ヶ谷のほうの麗郷のタンメンは、世界一だとほんとうに思う。

夜は、藤本敦夫《あつお》さんと菊地成孔《なるよし》さんのライブ。音楽ってこうなんだ、きっとこういうものだったんだ、って藤本さんの天才ぶりを見るといつも思う。菊地さんのお人柄も充分に発揮され、藤本さんの音楽を生かしながらも確実に自分の才能を炸裂させる菊地さんの天才ぶりもすごく発揮され、しかしライブハウスが和風な感じだったりして、いろ〜んな意味で「マルホランド・ドライブ」の「バンドはありません！」っていう、♪ジョラ〜ンド〜を聴くあのなぞの店のライブに似すぎていた……。

5月21日

なにがなんでも行こう！　と上野で誓いをたててから半月、のんちゃんとサンパウにトライする。ひとことで言うと「スペインで食べたらおいしいだろうな」。もうちょっと言うと「素材が原型をとどめていないおもしろさとおいしさとリスクは、ロケーションと気候とサービスに大きく左右される」だ。

でもあんなにベリー類が嫌いなのんちゃんが、ベリー的なものをがんがん食べてみているのには「一生見れないかも」とちょっと感動した。そして高いだけのことはあって、出てくるグラスワインがことごとく信じられないくらいよかった。

5月22日

タイラさんが来てくれたので、チビといっしょにわ〜い、と出て行き、近所を散策。ふだん行かないようなお店に行っていっぱいの発見をした。やはり決まったところを決まったように歩くようになってるんだな、人間って、と思った。タイラさんの目といっしょに見た近所は、雨でもちょっとだけ輝いていた。

ミントンさんが来たので、いっしょに茄子《なす》おやじでカレーを食べて帰る。ロケッテイーダのこの夫妻は、私の知っている夫婦の中でもそうとう好きな組み合わせの夫妻である。

5月23日

「サウスポイント」打ち上げ。中島さんにいつも以上に注目して、いろいろなおもしろい話を聞く。

最終的にはあてどなくいっしょに「ワンピース」の十六巻をチビもいっしょに探した。しかしそれがDVDかマンガか総集編かも謎《なぞ》であり、家に電話をかけて聞くことになったが、彼の言う家の電話番号さえ違っていたので、さらに「違うとしたら何の番号かすごく知りたい」などと言っているので、ほんとうに謎解きすぎてくらくらっとした。しかもそのさまよいの中でランダムにものすごく鋭いこと（ｅｘ「この列には自分が装丁した本は一冊もない」）を言うので、目が離せない。なんであんなにおもしろすばらしいのだろう。

5月24日

あいている時間に旅集中の日々にそなえてロルフィングを受ける。
足に力がついている感じが実証されてすごく嬉《うれ》しかった。
私はガラスの腰を持っている上に、体がとても弱い。なのにどうしてたまにむちゃくちゃなスケジュールをこなせるのかというと、やはりケアしているからそしてマイナスを数えないからだろう。マイナスを数えるくせがつくと、インフルエンザの人だけが入院している病棟に湿った服を着て入っていって深呼吸するくらいに確実に体を壊すということを、わりと多くの人が見えないからって知らないふりをしている。

5月26日

フラのミーティング＆打ち上げ。

今回のクラスは、みなが優しい気持ちでホイケに臨み、よく舞台に出る人や長くいる人が愛をもっていろいろなことを示し、ほんとうにひとつの輪ができたいいクラスだった。まみちゃんとじゅんちゃんがぐっとタッグを組んでいたのも大きかったし、けいこちゃんがリーダーでわけへだてない感じもうまくいったと思う。ルアナさんが出ないのにクラスには出てくれていたことも救いになった。とにかくキャリアが長い人は全員目立とうとせず、みんながいい人でいられる状態を作り出していた。

いつか他のクラスのときに打ち上げに出たことがあって、そのときは「こりゃあだめだ、アロハの心は表現できないわ」と思ったことがある。だれもが身内とかたまりあって、他の人と交流せず、思惑を秘めていた。今回はその反対だった。その中央にはもちろんクムとクリ先生がいるのだけれど、今回はやはりジュディさんがいらしたのが大きいだろう。笛を持ってきてくれたり、絵を描いたり、休んだ人を思いやったり、常にこの曲とみんなを近づけてくれた。あんなすごい人がここにいる、という思いがみなを緊張させ、そして安心させた。

そんな功労を全く意にかいさず、泣いたり笑ったり今日も美人な彼女……ありのままの人間がいちばん美しい。いっしょにいればいるほど好きになる人だ。

5月27日

雅子さんをさそってチベタンテリアの子犬に会いに行く。ゼリ子のあとなら、ゼリ子にさいしょから心にひっかかっていた黒い子に決めた。ゼリ子に似たメスの子がほしかったのに、どうしてもその子にしたかった。子犬を見ているときはただ真剣だったけど、親たちを見に行ったらみんなゼリ子みたいだから、ヒロチンコさんも私も泣いてしまった。チビは子犬にさっそく焼きもちを焼いていて、先が思いやられる。

こんなときだから、福島からもらおうかという気持ちもなくはなかったけれど、ゼリ子の親戚《しんせき》筋の子犬が産まれるのはこれが最後だとわかっていたので、そちらにかけた。

ブリーダーさんのご夫婦は、十七年前と変わらず穏やかなよい方達だった。

ほっとして次郎くんとうなぎを食べに行く。店を指定して予約してくれた上に、奥のスペースでのびのびビールを飲んでいるし、「今日は骨せんべいは？」などと聞いているから何回も来ているのかと思ったら、はじめてだそうで、みなずっこけた。雅子さんは最後まで信じなかった。永遠にいちげんさんに見えない男だ！

5月29日

京都取材第二弾。京都はうかつに扱えないので、綿密に取材をしている。

原さんと円ちゃんと集合。石原さんは遅れ。りかちゃん御用達《ごようたし》の余志屋さんへ。なんでもおいしいし、釜飯《かまめし》もすばらしいし、安いし、すばらしい！

林海象《かいぞう》さんのバー探偵に行って、探偵気分を炸裂させていたらご本人と奥さまとお友達とラブジョイのビッケさん（すごくいい詩を書かれます）がいらした。しばし談笑していたら、奥さまのお友達の目がきらきらした人はなんとほしよりこさんだった。うわ〜！と思って、さっそく「B&D」がどれだけ好きだったかを熱く伝えた。あまりに好きでメールを書こうとさえ思っていたのだ。悔いなし！

にしても、マンガ家さんってほんとうに絵に似てますね。

5月30日

ホテルグランヴィアの朝ご飯のクオリティはものすごく高い！しかし動線が謎で、何回も行ったり来たりしてしまった。ジャンボオムレツの皿の後ろではなぜオムレツを焼いている！などとは書くけれど全く文句はなく、このホテルがほんとうに好きで、泊まるたびに「帰ってきた」という気分になる。旅のスタートのわくわくを味わえるから、初日の夜遅くにここについて明日の計画を練るのが大好き。

貴船とくらま温泉に行って、雨の一日をしっとり過ごす。

まゆみちゃんと合流する頃には晴れていた。

しめきりだからとても明日は会えないというまゆみちゃんを必死で説得し、とりあえず今日はいろいろ聞いてみよう、ということで、いっしょに鶏鍋《とりなべ》を食べに行くことにする。

全員が犬まで含めて「まーちゃん」であることを発見し、「まーちゃんズ」の結成。持ち歌はチビ一押しの伊勢丹バイヤーズソング一曲のみ。ヴォーカルは原マスミ。

♪桜の花見におべんとうはいかが　伊勢丹のバイヤーのおいしいおすすめ♪

バイヤーって言葉、おまえはいったいどこから知った？

しかし聞いてみるとまゆみの公募展のしめきりへの道はいつでも波瀾万丈《はらんばんじょう》で、点滴しながら大文字山に登り大の字を歩んでから大の字を書いたとか、日曜日がしめきりなのにさっき巨大板が届いたばかりとか、もうなんとも言えない。作業中のアトリエをのぞかせてもらったが、胸がときめくくらい男らしい仕事場だった……。

上賀茂神社を散歩して、ミナとメリーゴーランドに行く。ミナに行くといつも自分がさつな大女だという気がするが、今日はチビに「ママは体も大きいから心も大きいね」などと言われ、ますますそんな気持ちに。メリーゴーランドではまんまと本を買ってしまった。しかも大きい本を。

しかしくりだされる仲居さんの京都特有の意地悪にくじけず次々に「おかわりお願いします！」とスープをねだるチビそして「鶏の種類はひみつです」という仲居さんに「秘密ということはごぞんじではあるんですね！」と真っ向から突っ込むまゆみ。すごい人たちだと思い、胸がどきどきしながら星のやさんにたどりつく。桂川《かつらがわ》があまりにも増水して濁流になり、船着き場が半分水の中。濁流がごうごう流れている。昨日は休館だったと聞き、一日でもずれていたら泊まれなかったんだ、とこれまたどきどきする。

軽井沢よりも大きな自然に包まれている感じで、窓の外は緑しか見えず、ほんとうにすばらしい。思わず夜明けにひとりじっと見入ってしまった。これなら温泉はなくてもぜんぜんかまわないと思った。

5月31日

野菜たっぷりのおいしい朝ご飯をたんのうして、石原さんに運転してもらい車折《くるまざき》神社にお札を返しに行って（私が辺見えみりが辺見マリといっしょに来たことを発見しているあいだ、チビはずっと大きな声で「原マスミさんは有名なイラストレーターですよ！」と叫んでいた……気の毒）、晴明神社にも立ち寄り、乙女の聖地、恵文社へ。好みがわかれるところだが、本のセレクトに関しては私はやはりガケ派だ。

ばったりめぐりあったファンの野村さんに教えてもらってカフェつばめに行き、まゆみちゃんと合流して大文字山に登る。まさか登れるなんて知らなかった……。大の字のいちばん起点にたどり着き、原さんに助けてもらいながらなんとか下山。すばらしい景色だった。週に一回くらい登りたい！　京都はいいなあ。

神馬《しんめ》にていしい夫妻とおちあって、みんなで飲む。いしいさんはやっぱり作品にそっくりな人だ。いつも人が弱くなったりだめになれるところをちゃんと描ける上に、その空間の広がりは映画のようだけれど、ご本人もそういう感じ。あの飲みっぷりは、いつでもだめになれる人のもの！　しかし、決してだめにならない光を持っている。

超かわいい奥さまにチビは今回もやっぱり食いついていった。そしてみなが赤ちゃんに飢えていてラグビーボールのようにひとひくんの奪い合いが！

もう一軒行った気楽なお店（そういうのがいっぱいあるのも京都のよさ）はご主人が千葉の人で、原さんとむかいくんも千葉だったので、京都でいちばん千葉密度が高い空間になった。

宿に帰ってチビがあまりよくないパロディ動画を見ていたら、かなり酔った石原さんが真剣に「こういうのは、ものを創《つく》っている真剣な人をばかにしている、ほんとうによくないものだから、見ちゃだめだよ」と説得していて、かなり感動した。あんなに酔っていて本気でそんなことが言えるなんて、ほんとうにものを創ることを大事にしているのだ。

6月1日

さようなら、すばらしい星のやさんよ……次は必ず舟に乗ります！

毎日緑やかえるのたまごを見て、幸せだった。

毎日チビがふとんとふとんの間の板に寝ていて、もったいないと思った！

ガケ書房があいてなかったので、なやカフェに行ったら、信じられないくらい頭の小さい顔のきれいなお兄さんがチャイを入れてくれたので、みんなキラキラした。

そしてガケでは本を買いまくり、おおきに屋へ。このリーズナブルな価格であんなにもまんべんなく全《すべ》てがおいしくてご主人はとてもいい人で、大好きなお店だ。

おおきに、京都！

6月3日

実家へ。とにかくいろんなことで大もめしているのだが、心が乱れない。この乱れなさ、いったいなんだろうというくらい。思春期の私に分けてあげたいと思うくらいだ。よくあんなことであんなに乱れてたなっていうくらい！

それでも姉は牛すじのお好み焼きをがんがん焼いていた！

昔うちで飼っていて今は実家にいるフランコちゃんがあぶなくって、多分最後だろうなと思いながら会う。動物はなんで先にいっちゃうんだろう。

6月4日

戸隠へ。

じゅんちゃん、まみちゃん、ふゆかちゃんと。

この人生でこれほどの美人たちと旅に出ることができる日がくるなんて私も思っていなかったが、チビも思っていなかっただろう。メンバーを聞いて「人生最大の記念日だ」とまで言っていた。そうかも……これほどの美人たちと旅に出てしかも同じ女湯に入れるのは多分一生ありえないと思うよ。

戸隠はなんとなくのどかで、会う人はみないい人で、道には花が咲き乱れ、天国のようだった。かなり広範囲に神社があるのが、聖域が自然と共に守られた秘訣《ひけつ》なのね。

チビがあまりにもおふろでみんなのはだかをじろじろ見ているので、大声で止めたらいっそう気まずい雰囲気に……！

江原さんおすすめの宿でそば懐石をいただく。

寝る直前までチビはセクシー浴衣《ゆかた》のふゆかちゃんを襲っていた。

6月5日

まみちゃんが朝起きるなり「なんだか、ありとあらゆるセクハラの夢をみたんだけど、原因はひとつ」と言っていた。すみません……。

美人たちは起き抜けからもう美人だということもわかりました……。

今日はほんとうに山登り。

小鳥ヶ池から鏡池、奥社までの道のりは最後のほうの階段以外はわりとなだらかで、特に鏡池に出るあたりなんて天国かと思った。老若男女《ろうにゃくなんにょ》がみんな草原でにこにこしていて、池には美しい景色が映っていて。

そして奥社前の信じられないくらい大きな杉の林！

なんていいところなんでしょう、信じられないくらいいい状態のまま存在してる。

全ての女性をチェックしていたが、スケッチャーズにふつうのフェラガモの都会的バッグを肩にかけ、サングラスを額に乗せて、朝鮮飴《あめ》の入った紙袋をぶらさげているまみちゃんがいちばんチャラい服装だった。その感じであのすごい階段を上りきるなんてすごい……ものすごく感動した〜。

長年ほしかった鳥の砂糖入れをゲットし、甘いものも食べ、ふゆかちゃんとオタク談義も交わし、じゅんちゃんとパンを買って、のどかに帰る。すばらしい旅だった。

6月6日

マーコさんが寄ってくださったので、動物という動物をとにかく見せる。

タマちゃんが出てくるたびに「おお、いらした！」と感激してくれたので、なんだか自分まで貴重なものを飼ってる気がしてきた。

すごくいい天気で、猫もおだやかで、チビものんびりしていて、マーコさんのパワーとしか思えない！　いつも運動会みたいながさついた我が家なのに。

6月7日

上野圭一先生と対談。

あまりにも思った通りの方で、ひとつも失望しなかったので嬉《うれ》しかった。

「ナチュラル・ハイ」からはじまり、私の読書の歴史にずっといらした存在だ。

緊張したけど幸せ〜、失望のない目上の人を見ると希望がわいてくる。

仙台にボランティアに旅立つ舞ちゃんと、熟成室で乾杯&晩ご飯。ビストロってほんとうにいいものだなあと思う。好きなものがちょうどいい分量で食べられて。この大食いな私に言われたくないと思うけど、とにかく全ての店のごはんが多すぎる！

6月8日

ちょうど豪徳寺にいるころに、フランコちゃんが亡《な》くなった。

猫の寺だったから、意味があるんだと思う。

HOQUBAのサグ・パニールはおいしかった。街の名店ってほんとにオアシスだなあって思います。

悲しみつつここぺりに行き、筋肉痛でよれよれの体をほぐしてもらう。足の筋肉がかちんかちん。山に登りすぎた……！

お助けのまみちゃんから、胸のすくようなメールががんがん届いて、なんでこんな奇跡みたいな、天然記念物みたいな、でも世間を知ってる人がいたんだろう？　そしてどうしてめぐりあえたんだろう？　とこの世の神秘にドキドキした。

6月9日

実家でフランコちゃんに最後のあいさつをする。冷たくなった体を見て、ゼリちゃんを思い出す。フランコちゃんも十七歳だった。長いおつきあいだ。上馬にいたのがつい最近のように思えるんだけれど、ずいぶん前のことなんだなあ。

フラの帰りにおみちゃんの店どうげんに行き、このご時世なのにユッケを食べるが、あまりにもおいしすぎたので、ユッケが問題だったことさえ忘れてしまった。生肉はやめましょう、という伊勢白山道もしっかり読んでいたのに！

のんちゃんを送っていって、帰りにそのへんのあちこちを見て回る。最近の百軒店《ひゃっけんだな》とか三茶の路地とかの飲み屋の活気、ものすごい。戦後という言葉が浮かんでくるほどだ。しかも荒れた活気じゃない。いいぞ〜。

6月10日

元《はじめ》ちとせさんと中孝介《あたり》さんと坪山豊さんのライブに、ロレックスのブルースくんにさそってもらって、かけつける。若い人たちがどんなすごい才能を持っていても坪山先生にかなわない、あのすごい歌声、そして深み。

先生がいるからこそはげみになって成長できる、先生がいるから歩んで行ける、だって道があるもん、というその安心感が伝わってきていっそう感動してしまった。歳《とし》をとるってすごいことだ。

ブルースくん、おじぃ、高砂《たかさご》夫妻、福岡先生など、知っている人があんまりたくさんいて、同窓会みたいだった(なんのだろう?)。

6月11日

イイホシさんの展覧会。ご主人の作ったようかんうまし！　そして犬のポムかわいい！

のんびり歩いてじめじめの梅雨の日を乗り切った感じ。だんだん晴れてきていい感じ。夏が好きだから、一秒も夏をむだなことに使いたくない！　そんな気持ちが日に日につのります。若いころのだらだらした私に教えてあげたい。

6月13日

ヒロチンコさんの仕事に成り行きでついていって、ものすごく変わった人を囲む会。でもその人は変わっている条件以前に宮城の人で、とても切ない話をたくさん聞いた。行き場のない疲れが彼を覆《おお》っていて、ただ楽しくごはんを食べようとしか思えない。こういう思いやりしか示せないけど、間接的にでも直接的にでも、できることをするしかないと思う。

ゆりちゃんと茂さんに久しぶりに会えてとても嬉しかった。若くて柔軟でいつも人を明るい気持ちにしてくれるおふたりだなあと思う。

6月14日

税理士さんと涙の別れ、有限会社をたたむのです。

社会的な仕事からどんどん離れていくつもりなので、ちょうどいい時期だと思った。

早川くんと不思議議なサイキックの女性釘宮さんとお茶をする。

ほんとうになんでもわかっちゃうみたいで、しかもきらきらしていた。

彼女の不思議議な人生の話を聞いて、ほんと〜うに小説よりも奇な人生っていっぱいあるんだなあ！　と感心してしまった。なにを書いても必ずもっと上のすごい人がいるんだもの。

6月15日

もうすぐママになる柳さんと永上さんと毎日新聞社的打ち合わせ。

この人たちを見ると、言い知れなくほっとするのはなぜだろう?

いずれにしても楽しそうに働いている人って最近なかなかいないので、毎日新聞社の人たちを見るとうきうきするのは確かだ。

6月16日

フラに出てからハワイ、理想的! と思ったけど、意外にラウンジが混んでいたりして、ばたばたしつつ旅立つ。

飛行機で爆睡したのでしゃっきりと行動できて、初日からいきなりちほとミコと合流して、のんちゃんおすすめのアヒポキを買いに行ってタンタラスの丘で食べたり、なんとなくマカプウ岬をトレッキングしたりして案外激しく過ごす。

なんだこのすごい景色は! という美しい景色を山盛り見る。

夜はなにがなんでもという感じで、ちほの家の庭でバーベキュー。

男子に肉を焼きまくってもらい、しみじみ飲む。

6月17日

カヤック。

もう船という船に萌《も》える私としては、どんなに悪天候でも風が強くても、こつがつかめればつかめるほどにどんどん楽しくなってきて、永遠に漕《こ》いでいたかったけど、初心者にはきびしい天候だったので小島に行くのは挫折《ざせつ》。あまりにも波がすごくて泳いでいたらパンツがぬげるほどであった……。

凪《な》いでいるときにリトライしたい。

チビは上級者組に乗せてもらって島にたどりついていたけれど、一年前まで海をこわがっていたのに、今回はやる気まんまんで、大人になったなあ、と感無量。ちほちゃんもそれをわかちあってくれた。子どもって育って行くだけで周囲に希望を与えるんだなあ。

のんちゃんの運動神経がいいのに今日もしみじみ感心した。

夜は大好きなレストラン12th Ave Grillに行って、いろんなものを頼んでみんなで食べる。なにを頼んでもはずれなしだし、お店の人はあまりにも感じがいいし、すばらしい。

6月18日

帰る日なので（すげ〜日程）、はりきって朝起きてごはんを食べに行く。カハラの朝ご飯……それは、すばらしくはあったけれど、ものすごくすばらしいというわけではなかったとだけ記しておきます。ただ、とてもバランスのよいホテルで、内装センスも全体的によい。サービスは完璧《かんぺき》。駐車場がしっかりあるのもよい。ケアイヴァヘイアウに散歩に行って、森林浴を楽しんでから、オックステールスープの店に行っておいしい肉とスープをたんのう。それからダウントゥアースに買い物に行き、コンブチャとマラサダ（ちほちゃんが走って買いに行ってくれた、禁断のおいしさ！）を楽しみ、コーヒーを飲んで、空港へ。

楽しかった〜！　かけぬけオアフ。しかし、おしゃれな服やものの店に一軒も行かなかった！

6月20日

意外に元気いっぱい。海や緑はいいなあ！　チャージしてくれる……！

あっこおばちゃんが来ているので実家に行き、ふまれたい会に参加し、駒込《こまごめ》まで送って行く。太陽の光がきらきら降り注いでいるし、風はいい感じだし、初夏の日本もいいなあと思う。

6月21日

アイリーンちゃんが鼻血が出そうなすごいスタイルをふんだんに見せてくれながらやってきたので、びっくりした。美人でモデル並みのスタイルで心優しく賢く強く無邪気でよく飲んで食べて、よく笑い、よく泣き。ほんとうに健康ってこういうことなんだ！と感心せずにはいられない。これが人類のほんとうの姿なんだ。

アイリーンちゃんのママがどんなにまず命のほうを優先して彼女を育てたのか、そのすばらしさに愕然《がくぜん》とする。すごいことだ。でも、その労力のおかげでアイリーンちゃんを見ただけで、何人もの人がはっとして自分の生活も改善するくらい、すごい力を世の中に還元しているから、むだながんばりじゃないんだなあ、としみじみ思う。人を育てるのってなにものにもかえがたい大事なことだ。

6月23日

焼き鳥を食べて、ビールをたくさん飲んで、のんびりと歩いて帰った。

鍼《はり》に行ったら、時差ぼけと鍼の力で帰りの車の中で死んだように寝てしまい、帰宅してもそのままずるずる寝てしまい、二時間も寝ていた。

そうしたらかなり疲れから復活して、夕方のまだ明るい光の中でいい状態で読んだ「群青学舎《ぐんじょうがくしゃ》」がしみすぎてもう泣けた泣けた。あんなすばらしいマンガがこの世にあるのかってくらい。ふゆかちゃん貸してくれてありがとう。

6月24日

セドナメソッドにはホ・オポノポノほどの興味が持てなかった私だが、レスター・レヴェンソンの手記はすばらしいものだったことに気づく。まあ、タイミングだろう。昔は理屈にしか思えなかったけど、今はしみてくる。

国連絡《がら》みのゴタゴタにやっと終止符が打たれ、十月ローマ行き決定。

新しい世界に飛び込んで行く喜びをいつも大事にしたい。

オアフの打ち上げでのんちゃんとお好み焼きを食べる。チビに「お世話になったんだからお礼を言いなさいよ」と言ったら「おせわになりました」と言っていたが、あまり説得力がないうえに、「すぐそこのたからもの」を音読してげらげら笑っていた……。

6月26日

近所のカフェにチビと行って、ハンモックでごろごろしたりだらだらごはんを食べていたら「これまでのデートの中でいちばん楽しかった」と言われた。そんなこと男性に言われたのは初めてだ！

ぜんぜん関係ないが、私の知り合いにものすごい美人なんだけれどなんでもずけずけ言い過ぎてみなを驚かせる人がいる。しかもものすごく声が大きく、通る人なのだ。それでおそろしいことがたくさんあったけど、いちばん「すごいなあ」と思ったのは、知人の整体師さんが美人と結婚した話をしていたときに、にっこにこしながら、「あのデブのやり口はわかってるんだよ、はじめはさ『このデブ私のこと好きなんじゃね〜の？　冗談じゃないわ』と思わせて、それからそっけなくして、心を動かすんだよね〜、美人なら美人なほどひっかかりやすいんだけど、まったくみみっちいやり方だよね〜」

と言ったときで、店中の人が聞いてるのがわかってないのは本人だけで、ここまでいくとすがすがしいなあと思った。

6月27日

久しぶりにせはたさんに会ったら、全く変わってなくてほっとした。

これほどにブレのない人はなかなかいないので、気持ちがいい。なにかに集中している人生ってやっぱり気持ちがいい。集中していると他のものが見えないんじゃなくって、いろんなものがよく見えている中で取捨選択がすぱっとできて、だからこそよりたくさんのことができるのだと思う。ばくぜんと見えているものをあれもこれもと闇雲《やみくも》にやるよりも、多くを実行できる気がする。

6月28日

チビの学校、最後の日。

五年間通った場所なので、感無量だった。先生たちもみんなチビにあいさつに来てくれた。思いのほか勉強にすごく力が入った学校で、小さいのによくあんなに勉強したと思う。私もあんなに勉強したことないかもしれない、学生時代。

ありがとうございました。半泣きでお別れする。いい先生たちだったたし、少人数であたたかい学校だった。

淋しい気持ちになったのと疲れがどっとでたので深く昼寝してしまい、起きたらなんだかすっきりしていた。

6月29日

カプリ賞のためにいざカプリへ。

しかし！　ヨーロッパ便の飛行時間はあまりに長い……！　ひまずぎて映画を観《み》るしかない。

「ブラック・スワン」がホラーの手法で撮られていて、今さら観たのにかなりウケた。ふっきれたからってそんなに踊りがすごくなってないのもすごかった。しかし熱演！

それから「アンノウン」を観て、ネタバレですけど「こんな職業の人がカバンの置き忘れなんてするはずないよな、しかも連れに言わずに勢いで探しに戻らないでしょ、訓練されてりゃ」と最初の設定からして甘いことにツッコミまくる。

最後に観た「セクレタリアート」という馬とダイアン・レインの映画はすばらしくて、馬のすばらしさを久しぶりに思い出した。

ナポリに着いた頃には完全に体が寝ていたが、そんなこと関係なくナポリの港付近はいつものお祭り騒ぎ。ジョルジョがちょっと寄ってくれたので、軽く晩ご飯を食べて爆睡。

6月30日

いざカプリへと船に乗る。

主催者のアンジェリーニ夫妻が港に来てくれた。懐《なつ》かしいカプリに久々に降り立つ。この季節に来たのは初めてで紫外線の強さに驚く。

ホテルはカプリの街のど真ん中。アナカプリにしか行ったことがなかったので、大都会ぶりに驚くもよく見たら大都会はこの方向音痴の私にもすぐ把握できるほどのサイズだった。

夜はフニコラーレで港に降りていき、港のおいしいレストランでアンジェリーニご夫妻と食事。まだうちの家族だけしか到着してないから、突撃英会話でなんとかする。ものすごく美しくかつ文化的なご夫妻だった。彼らと話しているとNYにいるみたいな気持ち。オルガさんの静かな気配りは日本人並みの繊細さで「こんな人いるんだ」と感動。これも、彼らがイタリアに住むイタリア人ではなく、NY在住だからだという気がする。イタリアを悪く言っているのではなく、環境の違い。

7,1－9,30

7月1日

まだだれも来ないし、やることもないからとりあえず船でも乗ろうと思って、一周を試みる。また突撃英会話で値切ったり（値切ってもボラれてるんだけど）しながら、なんとか船に乗る。寝転がって優雅に二時間の遊覧。青の洞窟《どうくつ》はお休みなので他のいろんな洞窟を見たり、島のまわりのすごい崖《がけ》を眺めたりした。外海はすごい波で、しまいには船酔いしてきた。青の洞窟が休みの日はつまり海が荒れているので小舟では出ない方がよかったってことを思い出したけど、遅かった。

なんとか吐かずによれよれでとしちゃんを港に迎えに行ったら、ナポリからの船も当然揺れてて、船酔いでよれよれのとしちゃんがやってきた。

港に人を迎えに行くのって、なんとも言えず好きな感じ。

7月2日

しだいに仕事モードに入ってきて、とりあえず記者会見。イタリア記者たちに混じって共同通信と読売と時事通信の方々がいらしたので、日本語をてきとうにできず冷や汗をかく。でもなんだか心強かった。ガラちゃんもやってきて、てきぱき訳してくれる。日本のしっかりしたかわいいおじょうさんに全《すべ》てがそっくりで、あの人は日本人じゃないの？　とチビも不思議そうだった。

ジョルジョとたくじ到着。みんなでランチを食べる。

せっかくだからとバスに乗ってとなり町のアナカプリに行き、アクセル・ムント邸だったヴィラ・サン・ミケーレを見に行く。三回目だが、何回見てもいい家だ。敷地は広いけど贅沢《ぜいたく》なものはなく、もともと遺跡だったために地中から発掘されてしまったものが壁に埋め込まれてさりげなく息づいている。こんな簡素で美しい暮らしがしたいと思う。いつのまにかカフェまでできていたので、のんびりお茶を飲んだ。イタリアを知り抜いたたくじがいるからこそ可能な移動の数々で、ほんとうにほっとする。

夜は授賞式。ホテルの屋上にすばらしい会場がセッティングされていた。カプリをぐるりと眺められて、夕方の光がとてもきれい。

私は女優のシルヴィアさんといっしょに「ばらの花」を朗読。シルヴィアさんのおじいさんにとても美しいばらの花のエピソードがあり、それを教えてくれたりしていろいろおしゃべりしたので、意気投合していていい感じだった。

ディナーの間は、スポンサーのおひとり、八十代なのにしゃきっとしているドロテアさんの数奇な人生の話を聞く。パパはイタリア人の大実業家で、彼女はたったひとりの跡継ぎ。日本人のママとはほとんどいっしょにいられなかった。一見こわそうな人だが、これまでになんでもかんでも見てきた人特有の懐《ふところ》深さがあって話しやすい。日本も実はそうなんだけど、イタリアではもっとわかりやすく服と靴とジュエリーを見るだけで、その人がどの階層に属していてどういう人生観を持っているかはっきりとわかるシステムになっている。

ほんもののお金持ちはジュエリーのクラスが違うし、服の丈や素材も決まっているし、帽子も違う。TPOに関して徹底的なまでにしきたりがあり、どのブランドかわかるブランドものは基本的に持っていない。ちょっと背伸びしたくらいでは決して入れない世界だ。

わかりやすく言うとたとえば叶《かのう》姉妹は「家のクラスはそんなに高くないが、実業を営んでいて、人脈はかなり広い。女を売っているが堂々としているのは、客のクラスが圧倒的に高いからである、だから軽んじてはいけない」という人の絶対的なドレスコードで動いていて、あの服装と行動パターンは彼女たちのリアルな生活に基づいたもの。全然大げさじゃない。

同じアーティストでも、何%くらいアート寄りか、どういう人付き合いか、お金があるアーティストなのかどうかも見ればわかる。私の場合は一目で「ヒッピー寄りの小金持ち、場慣れはしてる、アートに関してはプロ」とわかってしまう。見た目でそこまで主張して初めて言葉を交わすことができるシステム。

そしてほんものの上流階級の人たちが集まるところには、ほんとうにハイエナみたいにただそこにいておこぼれをもらっている人がふらふらと集まってくる。

そんなヨーロッパ人から見たら、きっと一般の日本人ってわけがわからないんだろうな。

7月3日

超忙しい午前中。インタビュー、撮影、学生とのワークショップ、またまた撮影。

学生とのワークショップには、どう考えても学生じゃないでしょう！という人もたくさん混じっていたので、さらにすごく目の前にヒロチンコさんが座っていて、かえってドギマギした。

あまりのたいへんさに最後はそっと逃げ出してランチを食べに行った。広場の奥にある有名な観光用の店なんだけれど、お手頃値段でおいしい。しかし疲れすぎていて腹が減らない！　パッケリがあまりにもうまいのに、食べきれずみんなにわけた。としちゃんと涙の別れ、淋《さび》しくてぽかんとなった。

夜は女主人ドロテアさんの招待を受け、リゴーリ家別荘でのガーデンパーティ。映画に出てくるようなすごい邸宅&庭。

専属の料理人がどんどん豪華な料理を作り、ブッフェ形式なのでみな思い思いに皿を持って並び、召使いたちがサーブし、楽隊は音楽を奏《かな》でていた。

社交界が長そうな貿易関係の年配のご夫妻が軽い正装で次々現れ、華やかな雰囲気。海が見える寝室にすばらしいドレスや靴や帽子やバッグが並べられ整然としたウォークインクローゼット……などを見ながら、私たちグループは常に「ワインとってほしいな～」「しまった盛りつけすぎた」とかしか言ってなかったような。

チビをのぞけば二十代後半のガラちゃんと彼氏が最年少。かわいらしさのあまりギラギラしたおじさんにせまられたりしていて、それをたくじが実況中継していて妙におかしかった。「今、おさわりがありました！」「近い近い！」などなど。社交界には一生入れそうにない。

途中でドロテアさんのかなりこなれた感じの息子さんがやってきて、そのキラキラした目を見たときに、このご家族のこれまでの人生のすべてが映ってるような気がして、切なくなった。こちらがびっくりしていることも、もちろん彼には伝わっていた。「たいへんでしたね」「たいへんだったんだ」と言葉に出さず会話をした。

大実業家の娘そして孫、普通の人生を生きることは許されなかった人たち。その運命をまっこうから受け止めて生き抜いてきた強い人たち。

7月4日

ジョルジョとたくじを見送りに行く。

朝のカプリはなんだか朝の下北沢のようだ……夜の街特有の荒れた感じ。

いつものテラスからもう見慣れてきた崖を見下ろして、忙しかったなあとしんみりする。毎日チビがヒロチンコさんのマッサージ実技特別講義を受けていて、うらやましい。しかも「ママで充電しないとパパをマッサージしてあげられない」と言って、毎朝チビが目が覚めたとたんに遠くのベッドから犬みたいに寄ってきて抱きついてくるのが、カワイイッシモ。

午後は家族三人でソラーロ山のリフトに乗りに行く。人生の中でいちばんこわいリフト。むきだしで山頂までえんえん乗る。途中で「このサンダルをおとしたらどうしよう、それよりもサンダルを落としてびっくりして手を離して自分が落ちたら絶対死ぬ」という想像が止まらない。山頂の高さも生涯知ってる中でもピーク的高さで、かもめがありんこに、船が豆粒に見える。

帰りのリフトも超こわくて、今度は「カバンからカメラを出してカメラを落として
はっとして自分が落ちる」のを想像してドキドキが止まらない。
せっかくだから青の洞窟を目指し、その上のおいしいレストランでチビがいきなり
鼻血を出したら、高級店なのにとても親切にデッキチェアに寝かせてくれた。様子を
見に行くとチビが泣いているから「どうした？　つらいの？」と聞いたら、「ママが
好きすぎて。ママがあの階段をドスドス降りて会いにきてくれて嬉《うれ》しすぎて」となん
だか一部分だけ気にさわることを言っていた。
ホテルに戻り最後の晩餐《ばんさん》。ホテルのレストランの人たちとすっかり顔なじみになり、
ピアニストとも仲良くなったので、とても切ない。さよならカプリ。

7月6日

いやあ、ヨーロッパは遠い……。
足が遠のくのはしかたないと思いながら、やっぱり淋しい。毎月のように行ってい
た頃を思うと、切ない感じがする。まだまだこれからと思おうっと。
これほどへとへとで帰宅するのは、チビがもっと小さいとき以来だ。あまりにもへ
とへとなのでやけになってひるがおにラーメンを食べに行く。だし味なつかし！

ばったりと倒れて十一時間も寝てしまった。

7月7日

フラへ。十一時間寝ているのですがすがしい。しかしすがすがしさのわりに、みんなの踊ってるむつかしい踊りがありえないくらいむつかしく思える。こんな上級の踊りは自分には絶対むり、と言いたいけれど、なんとかするしかないので、なんとかなるだろうと信じる。

みんなで麗郷に行って、楽しく中華を食べる。ふだん温厚なまみちゃんがいきなり、よりによってサザエさんのタラちゃんへの怒りをむきだしにしたので、みな感動する。人ってそれぞれだなあ……！

時差ぼけでサイクルがむちゃくちゃで、いつ寝ているのか起きているのか変な毎日がスタートしている感あり。チビもナチュラルにTVを観《み》ているからほうっておいたら、内容が妙にエロく、気づいたら二時だった！　まずい！

7月8日

チビの歯医者さんへ。

なんとはじめての虫歯なし！　毎日いっしょうけんめい歯を磨いたかいがあった。感動！

感動ついでにはっちゃんとなにげなく「『赤いスイートピー』を生で聴きたいね」とかいって武道館に行ってみたら、当日券がなぜか運良くさっと買えてしまった。そういうときのはっちゃんのなんとも言えない勘はすごい。そこには絶対的な信頼をおいているけれど、あまりにレベルが高すぎて全くまねできない。人生の師だ！　あわててのんちゃんを呼び出し、なんとかみんなで観る。聖子ちゃんにかけてはキャリアの長いプロののんちゃんの指導のもと、安心して楽しめた。

聖子ちゃん、歌うますぎる！　いい曲もたくさんあって、かなり感動して帰る。旅カフェで家族と合流。優しそうなお店の人たちが、私が食べ物をずさんに扱うチビをびしっとぶったらびっくりしていた……ごめんなさい〜！　うちはいつもこうなんですが、猿の親子なのでなんとかなっているんです。

7月9日

ひたすらに休み、回復をこころがけようとするも、あまりにも疲れ果てている＆家の中があまりにも汚くて、一進一退である。

時差ぼけのつらさと不眠症のつらさってそうとう似ていると思うけれど、このくらいひどくなるともうやけくそで、案外楽しい。待つしかないというか、日本にいるって体が思ってくれるのを待つしかない。むりに休みをとってカプリにきてくれたヒロチンコさんが仕事をいっぱいためていて夜中にがんばっているのを見ると感謝の気持ちがわいてくるけれど、これを現実のがんばり（ごはんを作るとか家になるべくいようとする）で返そうとするよりも、健康で明るくあろうと思う。夫婦のあり方も一段階進んだ感じがする。

7月11日

モムチャンダイエットで一キロもやせてないけれど、夢中になったかいがあって筋肉はけっこうつき、ついにバランスボールにも手を出してしまったが、ものすごくきつい。前代未聞《ぜんだいみもん》のきつさ！　でもゼリちゃんが応援してくれたのがわかっているので、続けている。

私が運動をしだすと、すごく楽しそうに足下に来てくれたことを一生忘れないようにしたい。

実家でふまれたい会。たかさまに幸せにふまれて爆睡して目が覚めてみたら、またも前代未聞の分量のから揚げが出てきた。姉さんはすごいなあ……。

長生きしたフランコちゃんが亡《な》くなり、父がとてもしょげている。この年齢になって、最愛の猫パートナーを亡くすってどういう気持ちなのだろう。最後の二日は別れを惜しむかのように父の近くで寝ていたという。最近切ないことが多いし切ない話を多く聞くけれど、それに引きずられないということの意味を、ゲリーやウィリアムからくりかえし聞いたそういう教えが、十年近く聞き続けてやっと体でわかってきた。前の私なら無責任と呼んだようなことなのだ。

7月12日

チビが私の採血を近くまで見に来て、すご〜く楽しそう。あまりに楽しそうで看護師さんたちに驚かれていた。なんだかなあ。

パスタを食べて幸せに帰宅。

夜は飴屋さんの「おもいのまま」を観に行く。とにかく脚本に決定的な問題点があるので、さすがの飴屋さんやすごい俳優さんたちも苦戦しているのがわかる。脚本を悪く言っているのではない。考えが深く深くもぐっていないので、飴屋さんの思想とかみあわないのだと思った。そのことについて飴屋さんと話し合って、ますますこの人はすばらしい人だと思った。こういう信じられないような知力体力の男の人たちがこの世からいなくなったら、この世は終わりだと思う。

大学生のときからあり、勇気がなくて入れず、一生に一度行ってみたかったサン浜名に行く。はっちゃんと加藤木さんと行ったのだが、この三人の組み合わせの完璧《かんぺき》な見た目、風俗店の面接としか思えない場とキャスティングであった。憧《あこが》れのサン浜名はみんな同じ味だが妙においしかった。

7月13日

渡辺くんと角谷さんとおいしいものを食べながら打ち合わせ。

先のことがわからないなりに、いろいろ目標をたてたり、楽しい気持ち。

震災のあと、不謹慎でもなんでもやはり思う。楽しい気持ちがこの世でいちばん大切だと。楽な気持ちとは違う、楽しい気持ち。

ここぺりで爆睡しつつ、マトリックス・エナジェティクスについて聞く。関さんの話しぶりからも、なんだかよさそうだった。

7月14日

片山先生に「Q健康って?」にお原稿をいただいたので、ごあいさつに川崎へ。片山先生の姿勢、話し方、声。見るだけで気持ちがすっとする。

時差ぼけでふらふらで、腰も痛くて、これはもうフラむりか? と思ったのだが、行ってみたら案外楽しく動けて、元気にさえなってしまった。不思議だ、アロハの力!

ごはん組がみな休んでいたので、同じくらい時差ぼけのふゆかちゃんとおつまみを食べながらワインを飲んで、げらげら笑いながら帰った。女子ふたりに囲まれているのんちゃんはまるでモテモテの男子のようだった。

7月15日

鍼《はり》。鍼のあとごはんを食べに行って、お茶をして、車で爆睡して目覚めたら、にわかに全《すべ》てがよみがえったので先生さすがと思う。時差ぼけもここまで来るとあっぱれと思う。

夕方はお世話になったお礼にパパとのんちゃんにラ・プラーヤでごちそうする。なにもかもうまい! ここのいか墨パエリヤのふっくら感は史上最強だ。

決して弱音をはかないけど震災後きつい時間を過ごしたマスターの男心に触れて、

あのおいしさの秘密がわかった気がした。チビにも優しくてほんとうに男前だ。たまたまいらしたファンのご夫婦もとてもかわいく仲がよさそうで、おふたりのご家族が震災を結婚式参加でまぬがれた話など聞き、この人たちの人生に混ざることができてよかったと思った。

最後はとしちゃんも合流して単なるおいしい宴会みたいになってしまった！

7月16日

はんぱにかかっていたストパーをふつうのパーマに戻しに美容院へ。

しかし「とれかけていたパーマをかけなおしに行った」人にしか見えず！

美容院のアシスタントさんが作ったおいしそうな料理がいっぱいの手作りレシピ本があったので見ていたら、だし巻き卵のいちばん肝心なところで「あとはいつものように焼きます」と書いてあって衝撃を受けた。

夜はいっちゃんのおごりでえべっさんへ。チーズを中心としたおつまみでがんがん飲んでしまい、お好み焼きの時点ではもう満腹。ななちゃんも合流してお花までいただき、アイスを食べて楽しく帰った。のんきないい土曜日だった。

7月17日

湘南イケメンハウスへ。葉山だというウわさが流れているが、だれがそう言ったのでしょう、もしかしたら逗子《ずし》かもよ、サーファーズに通いつめているかもよ！　コヤがなくなって当惑しているかもよ、ほんとに、え〜ん！

震災のあとはじめて行くのでどうなっているかびくびくしたが、引き出しがあいていたのとお札が落ちていたくらいで、全然大丈夫でほっとした。もののない暮らしバンザイ！

しかし壁のくさっているところは広がっているのではっちゃんが壁紙をはがして調べてくれる。草刈りまでしてもらい、助かった。はっちゃんの草刈り英才教育を受けて、チビも成長したかも。駅までのんちゃんとパパを迎えに行き、みんなでおいしい焼肉屋さんへ行く。肉焼きまくり。改装して大勢入れるようになっていた。

はっちゃんが去り、みんなで夜中まで「ノルウェイの森」を観る。こんな話だったか⁉　主旨が全く変わってないか？　でも菊地凛子さんの尋常ならざるうまさで、なんとか納得させられてしまう。うますぎるし、彼女は生きているステージがもはや違いすぎる。演技の情報量が違いすぎる。天才だ……！

7月18日

りさっぴのお店に行ったら、大野家のみなさんがいてびっくりした。赤ちゃんまで抱っこしちゃって幸せ。おばあちゃんも抱っこしようとしたら、色っぽく「汗だくだから今日はダメよ」と断られた！　桂ちゃんが幸せそうで嬉しかった。

明さんの腕はさすがで、変わらぬおいしさ。いろんな機会をなんだかんだ言ってちゃんと乗り越えてくる彼はすごい。お母さまが彼を本気で育てたのだということが伝わってくるのでちょっと泣ける。

りさっぴに「超こわい体育会系の部活の先輩のんちゃんと、文系の超こわいりさっぴと、どっちを上司にしたらいちばんこわいかな」と言ったら、

「私ですかね、のんちゃんさんはその場はこわくてもあとがさっぱりしそうだけれど、私のばあい、人生に残るほどの深い傷をのこすようなことを言ってしまいそう」と言うのでげらげら笑っていたら、明さんが「わかってるんだ……」と言ったのが超おかしかった。

台風前のすごい波を眺めてから帰宅。

湘南イケメンハウスの窓からこんもりした山を見るだけで、元気になる。夏と海は

いいなあとあらためて思った。

家に帰ってゼリちゃんがいないのにびっくりした。前にイケメンハウスに行ったときは、まだいたのだ。こんなときに急に悲しくなるものなんだな、としみじみ。

7月19日

「ミセス」と「フラウ」のインタビュー。岡崎さんもフラウのライターさんも業界二大すごい奴《やつ》らという感じで、面白くてしかたなかった。

岡崎さんおすすめのドキュメンタリー「エンディングノート」を観る。

なんでこの主人公の方、つまり監督のパパはこんなに最後まではっきりしていられるのか、不思議でしかたない。生きているのがむつかしいくらいの状態で、ちゃんと動いているし、話している。なんの力が彼を動かしているのか。それはやはり結束のかたい家族への愛なのだろうと思った。みんながみんな「こうでいられるはずはない」と思ってあきらめているような奇跡がさりげなく実現していて、感動以上にまずとにかく驚いた。この映画は希望だと思った。

7月20日

パパを亡くしたちほちゃんとしみじみ飲む。お悔やみもうしあげます。

人間は、どんなに勝手に見えて憎たらしくても、好きなように生きてもらったほうが、亡くなったときに悔いがないというようなことを語り合う。私もちほちゃんもつい人にだまされてしまうまで入れ込む人情家な一面と、ものすごく本能にまかせて自分の道をが～っといっちゃう面とが両方あるバランスが似ているんだろう。それにしてもちほちゃんのご家族には、そんなときでもあたたかくて笑えるいいお話がいっぱいだった。

ちほちゃんの好きなおじさんとちほちゃんの写真を撮ってツイッターにアップしたら、それを見て十分くらいでたかちゃんが飛んできて、びっくりしたし嬉《うれ》しかった！

7月21日

腰がとってもあやしい状態が、三歩進んで二歩下がっている……なんといっても、あれだけ飛行機に乗ればね！　ここでむちゃすると一気にぎっくりするのを、そろりそろりと生きるのがコツ。

にしてもフラに行っても全くオニウができない。左がわにほんの少しでも大きく動くと激痛が走るはっきりした線があって、こわくて超えられない。こんなことでいいのだろうか〜、と思いながら、できることをしになんとか行く。できることしかしないのではなくって、できることをするという姿勢がへたくそさんには大事！

プナヘレ先生の真後ろで踊っていると、表現していることがいっぺんに千個くらいあって、自分の踊りの情報量の少なさにびっくりする。でも小説でなら同じことができるのでどうやってああなっているかだけはよくわかる。脳が筋肉に動きの指令をくだすと、ある表現に向かって体全体が微妙に連携して動くのだ。こんな名ダンサーの近くにいられること、その成長を見ることができたこと、なんと幸運だったのだろうと思わずにいられない。

7月22日

チビの同窓会でイーヴォさんのお店に行く。イタリアつながりでイーヴォ夫妻とはなにかとご縁がある。

子どもたち久しぶりの再会で大はしゃぎして、他のお客さんから文句が来るほど……申し訳ないと思いつつ、喜びが止まらない彼らをなんとかなだめる。震災でばらばらになったのは、東北の子たちだけではない。チビもあの日急に、ほとんどの同級生とお別れをした。今日本にいて影響がない人たちは実はいないのだと思う。人生が変わってしまった。

変わらぬおいしさに感激しつつ「今日は同窓会と父兄会、だいたいこういう組み方」というのをいっぺんに把握してこちらに負担をかけずにメニューを組みサーブする戸田さんがやはりすごい。

変わり者で遅刻ばっかりで協調性がない私たちを、ずっと優しく助けてくれた古谷家。久美子さんがいなかったら、きっと私たちはとっくに学校に通うことを挫折《ざせつ》していたと思う。ありがとうございました。

7月23日

ヒロチンコさんとお鮨《すし》。おごられる喜びでいっぱいいただく。

となりの席にはまだ小さいお嬢さんがいて、マグロとネギトロ巻しか食べられなくて、パパといっしょでもちょっと退屈そうだったけれど、私たちの食べっぷりや話を聞いて、ぷっと笑ってくれた。常に子どもより。大人になりきれない四十七歳のはじまり。

まみちゃんから「ばななさんハッピーバースデー！　フットワークが軽くてユニークなばななさんが大好きです！」という感じの勢いあるメールが届いたので、「あしただよ」とお返事をした。はずさないな〜、恋のライバルよ、いい味出してるぞ！

今年のお正月いちばんにしゃべったのはのんちゃん、誕生日きっかりに電話でしゃべっていたのものんちゃん。これじゃあ、つきあっていると思われてもしかたない！

7月24日

尋常ならざる量のお誕生日のお菓子とかお花が届いて、セレブな気持ち。

しかしその梱包《こんぽう》を解く間もなく、走って恵比寿へ。うちのハラウがちょっとだけ舞台に出るので、のぞきに行ったのです。美人たちがてんこもりでチビも喜んでいた。

じゅんちゃんとちょっとお茶とフォーを食べてから、焼肉屋さんでお誕生日会。

ジョルジョとたくじとちほちゃんというすごい海外メンバーがめずらしく集う。千里では新しく冷たいもやしスープというのができていて、ものすごくおいしかった。

みんなでカラオケに行き、このメンバーでは一年ぶりの歌いまくり。懐《なつ》かしい！

ちほちゃんとチビが店外にデートに出たので、どこに行ってたの？　とちほに聞いたら、

「マンガの店に連れて行かれて、石ノ森章太郎って好き？　って聞かれたから、『サイボーグ００９』が好きだよって答えたら、『ホテル』といういい作品があるんだけ

れど、それは石ノ森の生涯最後のほうに書かれた作品なんだ、って言われたよ！　八歳とのデートとは思えなかったよ〜」と言われた。

7月25日

実家へ。コロッケの量が少し少ないのでは、ついに姉も……と思ったら、コロッケの中にぎっしりとチーズが入っていて、インパクトは量よりもすごかった。さすがだ。

お父さんの目がいよいよ見えなくて、悲しんでいて、とっても切ない。

でも、なんだかわかってきた。うちの父はいつもすばらしく賢くて、たくさんの仕事をして、それゆえにいろいろな人の相談に乗ったり、慕われたりしてきた。今のちょっとボケた父さんは、私の子どもの頃と同じ、ただいるだけでいい、単なる父さんだ。人生はここに戻ってくることにいちばんの価値があるのだ。業績は関係ない。人はただいるだけでいいのだということだ。このことがわかったのは最高によかったことだった。

7月26日

クムのライブに行ったら、突然「モスラ」に出てくるようなものすごい美人たちにさらわれ、舞台に出て、クムにカプリ賞とお誕生日おめでとうって言われてしまい、どきどきした……。

最近、マヘアラニさんとプナヘレさんが踊っているのを見ると、なにかが極まったことを感じる。これからどこへ行くのかではなく、今だけの、今日のステージを生きているあの人たちの天才ぶり。

それもみな、クムがあの日、フラを生きることを決心しなかったら産まれなかった光景なのだ。人の信じる力のすごさを思う。そして歌うクムはほんとうに輝いていて、歌うために生まれてきた人なんだと思わずにいられない。お客さんの中にだれがいても、いや、きっとだれもいなくても、音楽がクムをつかまえる、あの感じ。

いくつかのハラウを見学に行き、今もいろいろなハワイアンの名曲をいろんなバージョンで聴いているけれど、いつも気持ちはただひとつ「サンディーの歌で踊りたい」。これがあるかぎり、へたでもいていいっていうことにしよう。

7月27日

あまりの体調の悪さに、何時間も寝込んでみるけど、治らず。

まあ、疲れも出るよね、ってことでゆるくゆるく。

英会話に行き、マギさんに記憶術を習ったが、すごく覚えるのでびっくりする。一生忘れないかもっていうくらい。記憶術をきわめてもっと教えてほしい！

ちょっとだけおじぃの展覧会に顔を出す。写真の中のすばらしい異国の人々はおじぃを見ているからこそあんな優しい目をしているんだと思うと、胸がきゅんとした。

7月28日

今日も微妙に寝込む。

しかし、ゲリーとカンさんとゆりちゃんと舞ちゃんの会があるので、なにがなんでも品川に出かけて行く。

カンさんがゲリーの心臓発作の話を聞いている優しい雰囲気を見ていたら、もうなんとも言えないいい気持ちになる。こういうのが愛なんだな、みたいなほんとうにいい感じだった。ある程度極まると、人は他人のことを自分のことのように思うようになる。あくまで感情移入なしの、ほんとうの親切さ。

みんなでおもしろ話をいろいろして、充実した会になる。しかし内容は……。

私とヒロチンコさん「舞ちゃんって英語をしゃべってる人格のほうがモテるんじゃね？」

私「なんか大人っぽくてきりっとして見える」
ヒロチンコさん「あのすごいオタクさが隠されるからかなあ……」
ゲリー「今の子どもたちのゲームはすごい。息子の家にあるXboxのバーチャルな世界を見ると、自分がブロック崩しなどして喜んでいたのが嘘《うそ》みたいだ」
舞「ドンキーコングとか、マリオとか、パックマンとかですよね」（注　英語）
私とヒロチンコさん「だめだ、話題がこうなると英語人格でもモテない感じだ、たとえ発音がよくってもオタクはオタクだ」「結局隠せないんだね……」
ゲリー「孫が十一人もいて、みんなゲームはすごくうまい」
私「よくばらまきましたな〜！」
舞「それは訳したほうがいいですか……？」
などしょうもない会話ばかり。

7月29日

ものすごく貧血になり、寝込む。立っていられない。しかし、少しは動きたいので太極拳《たいきょくけん》に出かけていく。なんとかついていったが、ふらふら。
帰宅してばったり倒れたら二時間も寝てしまい、あわてて、自分のお誕生会に行く。

今日はりかちゃんたちと、中目黒で。

また変な場所で車を降りてしまって迷っていたら、近所の居酒屋さんのお兄さんが突然王子さまのように現れて店までエスコートしてくれた。すてき〜。

そして肉を食べまくる！　それから美人たちの巨大バストに顔を埋めさせてもらったり、太ももに触らせてもらったり、まさに酒池肉林！

バストが小さいほうの人たちには、とりあえずお酌をしてもらった……。

お茶していたら二の腕に「顔の長い犬がフン、と鼻息を出したときにちょっとだけ鼻水が混じってるものが飛んできた」感触があったので振り向いたらじゅんちゃんがなんかで吹き出していて「やっぱりおまえは人間の皮をかぶったボルゾイだ！」と感動した。あれは顔の長い犬と暮らした人にしかわからない懐かしい感触なのだ！

7月30日

そもそも近所のおいしすぎるそば屋でのんちゃんが母子におごってくれる会だったはずなのだが、来日外国人たちのすべてのつごうが合う日がここしかなく、みなが便乗&聖子ふたりとスガシカオふたり（全員自称）のカラオケ大会になる。

ジョルジョ「松田聖子のあとにスガシカオ、それが今日のはやりでした」（教授ら

しい正しい分析）
そばは最高においしかったが、チビがふだん外国でしか会えない人々を全員前にして大はしゃぎしていて、いつ怒られるかひやひやした。
会うとすぐに毎日会っていたようになるみんなだけれど、遠くに住んでいるから、いつ会えなくなるかわからない。うちの親などを見ているとよくわかる。夫婦でさえも、すごくがんばらないと会えない。いつか自分にもそんな日が来る。
インターネットがあるから、スカイプで話せるから、そんな日が来ても昔ほどには淋《さび》しくないかもしれないけれど、やはり会うことは大切だ。

7月31日

「フォース・カインド」をうっかり観《み》てしまい、あまりのこわさに夜中に目が覚めてもっとこわい思いをする。ああいうこわさについては考えたことがなかったなあ。対動物、対人間、対悪魔的なものの恐怖を足して二で割ってもっと屈辱的なコーティングがされている恐怖なんて！　これは、かなりいやだ。
沈んだ気持ちでもつ鍋《なべ》を食べに行ったら、夜九時なのにとなりの席の人たちが信じられないくらいできあがっている。この時刻にこんなにできあがっている人を見たのは大学の文化祭の打ち上げくらいではないだろうか。なんでだろう？　と思ったら「お昼から飲んでるんだもん！」と言っていてさっと納得。

8月1日

今日は今日とて「デビル」を観に行く。

シャマランがからんでいるから、とっても上手。しかも背景にあるのは善意とわかっているので、なんとなく落ち着いて観ることができた。

帰りのエレベーターの中で考えていることはみんなひとつであった……。

8月2日

「MISS」の打ち合わせ。

なんとかしてハワイラスト取材をしようという熱心なミーティングになる。

ちほちゃんって、ほんとうに不思議。なんでもない一日が、ちほちゃんがいるだけで魔法のように輝きだすし、ちほちゃんと話してるとみんなのほほがバラ色になる。それが、ハイになる感じじゃなくて、別のすごい空間を見せてもらったみたいな、そんな感じ。年々その魔法の感じが強力になっていく。すごいなあ……すなおに尊敬。

そんなちほちゃんといっしょに一時間ほど運動をして、シャワーまで浴びて、気持ちよくじゅんちゃんとの会合に出かけていく。

このビストロが、すばらしかった。

小さい店なので店名はあえて出さないが、明治通りぞいの恵比寿よりのビストロ、とヒントだけ書いておきます。

カウンターしかないのだが、まず店に入ったとたんになんともいえないいい空気が漂っていた。ぴりっとしているが厳しすぎず、清潔だが神経質ではなく、わくわくさせる感じはしっかりとあり、すばらしい表情をしたご夫婦がてきぱきと働いている。

こんなお店があるんだ……としみじみしたのもつかの間、あまりにも料理のクオリティが高すぎた。オー・ペシエ・グルマンにも通じるビストロのよさを全部合わせたようなメニューに、高い技術が加わってめくるめく意外な味世界が！　このタイトルならこの味だろう、というのをみんな一段階超えているのだ。しかも「ひねりましたよ」という感じもない。

当然常時満席だったが、あたりまえだと思う。そのことをいばったり「混んでるんだからこうしてほしい」みたいなものもない。あの小さい厨房《ちゅうぼう》で、ご主人が確実にむだなくお料理を作っている様子を見ただけで、背筋が伸びた。

これまでの人生のどのフレンチよりもおいしかった。

心身ともに清潔な空間で、すばらしい料理を食べるということがどんなにすごい力を持っているか、あらためて考えさせられた。

8月3日

やっとTVが映った。ほっ。

かつまたくんと舞ちゃんとチビの「スーパー8」に間に合ったのでついていくも、チビが「ママとは観たくない」と言うので、ヒロチンコさんとふたりで別の席でおデートするように観る。

すばらしい映画だった。

「E・T」と「グーニーズ」を足したような、すがすがしさ。

そしてあの時代にしかなかっただんごのような友達関係。スーパー8でしか撮れない画像。初恋にしかない純粋な情熱。まさにあの時代に子ども時代を過ごした私としては、胸キュンすぎて苦しいほどだった。みんなあんな服を着て、それぞれの家族を家族みたいに思っていたし、自分の町を自由にチャリで走り回って、未来は必ずよきものになると思っていた。

そしてしっかりとした映像技術。決してCGや音に頼らないけれど、まず撮りたいものがあって、それをどうしたら人に伝えられるのかを常に考えている人の撮りかた。随所にそういう誇りが感じられたのも感動した〜！

8月4日

貧血でフラフラでなにを踊ってるのかさっぱりわからないフラ。

しかし、こういうときこそ、低い低いところから生きるコツをつかむチャンス。

調子のいいときには決してわからないこの感触。

それは「これさえこうなったら、元気になるのに、なんでこうなんだろう」じつはそうなってしまうと案外簡単に大丈夫な状況に慣れてしまいありがたみを失う。それが人というものなのだ。歩くのもやっとな今、貧血でさえなければ、と思うのは当然なのだが、貧血でないときはそれがあたりまえになり、無茶をしてしまう。

かんじんなのは、今をほんとうにありがたく生きることだけだと思う。

目の前のことをすること、ただ生活することだ。

あまりにもふらふらなのでのんちゃんにかつがれるようにして送ってもらう。世話になりっぱなし！

8月5日

ついに子犬ちゃんがやってきました。

先代のゼリちゃんにあやかって名前は「コーヒーゼリーちゃん」真っ黒にちょっとだけ白が乗っていて、ぬいぐるみみたいにかわいい。

ブリーダーさんのご夫婦がちょっと淋しそうで、切なくなった。犬のプロ、たくさんのチベタンテリアを育ててきた彼ら。ちょっとした変化も見逃さず、しっかり世話をして、べたべたしていない。立派な人たちだ。

だいじに育てなくては……。

帰りに近所の雅子さんの家に寄らせてもらう。

子犬はカゴでずっとすやすや寝ていて、涼しいお部屋の中、レディー・ガガを観ながら、あまりにもおいしい、お店みたいに完璧《かんぺき》な雅子さんの作ったエスニックランチをいただく。グリーンカレーも春巻きもスープもみんなおいしかった！　その全体が、子犬が来る日という意味ばかりか、ゼリちゃんを失った悲しみを癒《いや》してくれた気がした。

雅子さんのおうち、お父さんとお母さんがまだ元気で歩いていて、それぞれのことをしているあのちょっとけだるいような雰囲気が今の私にはとても恋しくて、すごくよかった。

雅子さんのきれいな部屋でおしゃべりしていたら、この部屋の中で、彼女がいろんな気持ちを抱えながら仕事をしてくる中、私の本が彼女を支えてきた、その歴史を思ってありがたい気持ちになった。

家に帰ると、コーヒーゼリーちゃんはずっと私のあとをついてくる。台所でいつも視線を感じて、ふりむくとゼリちゃんがいた、同じように私を見上げている。

どんなに淋しかったのか、今ほんとうに気づいた。

淋しく思うことを家族の世話のために止めていたんだっていうことも。

8月6日

クムとトークショー、たった二十分なのに、あまりにもクムが美しすぎてきらきらしていて、光がゼリーみたいにふわふわこちらに漂ってきて、くらくらした。なんてすごい人なんだろう。言葉が音符みたいで、ぜんぶきれいな言葉ばっかり。

あまりにもきれいすぎるクムのお話を中断したくなくて、あまりしゃべらなかったけどよかったのかしら（よくないと思います）！

「ワンヴォイス」とてもいい映画だった。カメハメハスクールの合唱コンクールを記録したドキュメンタリーなんだけれど、学生たちがハワイ語の歌を歌い込むにつれ、どんどんいい顔になっていくのがすがすがしい。

みんなでお茶してから、旅のミーティング。のんちゃんが家に寄っていき、子犬にメロメロになっていた。

8月7日

チビとちほちゃんとはっちゃんと雀鬼会の海へ！

いきなり顔から流血の今川さんがお迎えに来てくれてテンションが下がった……！

貧血なのであまり泳ぐ気がなかったんだけど、懐《なつ》かしい伊豆の海に入ったら体が海を思い出して、会長といっしょに水中でいろんな生き物を探した。フィンをつけて泳いだことがないから慣れるまでは死ぬかと思ったけど、最後はやらせみたいにいちばん目立つところにあるサザエを採ったりして（すぐ戻しました）、楽しんだ。

すごく楽しくって、貧血も落ち込みもふきとんだ。

もぐりのプロであるちほちゃんはかっこよくがんがんもぐって「さざえ姉さん」と呼ばれていた……！

そしてチビは魚といっしょにボートに乗せられてきゃあきゃあ言っていた。弱！ みなさんにほんとうにお世話になって、なにからなにまで見守ってもらえて、よい一日をいただきました。みんな町田で会うときよりもきらきらしていて、自然の中はいいなと思った。つく時間に合わせて動いてくれたり、お店を予約しなおしたり、先にお風呂《ふろ》に入れてくれたり、とにかくあたたかい気遣いをなるべくこちらの負担にならないようにしてくれた。

連れて行っていただいた五味屋さんはあまりにも感じがよく、全《すべ》てがおいしく、すばらしいお店だった。残さないために若い衆がやってくるのもすごい。雀鬼会すごい。会長のおじょうさんが衝撃的なまでに美人だったのにも感動。

ちほちゃんがどんなところでも明るくきらきらしているのにも感動。

いい夏の思い出だった。

偉大なお父さんがいて、そのまわりの集団があって、そこんちの娘として海にいっしょに行く……その全てが、フォーマットは違えど懐かしい感じだった。

8月8日

朝からチビの面接へ。

受かったので、ほっとする。新しい学校での生活が秋からはじまる。みんなどうなっていくんだろう、わくわく。

夜はトッズに寄ってありがたくもカプリ賞のプレゼントをいただく。なんて太っ腹なよい会社でしょう……！

大きな美人、宅間さんもありがとうございます。トッズの靴しか入らない幅広外人足の私にとってあのお店は命綱です。

石原さんと円さんとラ・ボンバンスへ。

全体的に私には少しだけ油っぽかったけれど、男の人には最高のバランスだろう。創《つく》っている人がお料理を楽しんでいるなという感じがすごくあたたかくてよかった。

8月9日

松家さんの「文學界」のためのインタビュー。森くんや田中さんもいらして、すごくしっかりした場ができていた。

もう少し前の時代に小説を発表して、こういうふうに正当に評価されたかったな、という気持ちになるインタビューであった。松家さんのほんとうの実力に触れて身がひきしまる。

つきあいが長いので、緊張はしていないけれど、こちらが手を抜いたら必ずわかってしまうので三時間以上全力投球。刺激的だった……！

8月10日

「ムツゴロウの野性教育」という本がすばらしかった。

あまりにもすばらしすぎて、自分のやっていることは間違いではない、と支えてもらった感じさえした。この本は、ちょうど私が小さいとき、人々が教育に力を入れようとしはじめた頃の本。彼の予言通り、世の中はどんどん悪くなっている。そして彼の、人間を生き物として扱う目の温かさに胸をうたれた。人間を一段上のものとして見たら、必ずずれていくから、生き物として、体として扱うのが正しい気がする。

夕方から舞ちゃんとヤマニシくんと海へ。

なんていうことない一日、ただ海と夕日があるだけなのになんて豊かなんだろう。

みんなでなんとなく海にいただけなのに、体も心もゆるんだ感じ。

8月11日

森先生がちょっと子犬を見に寄ってくれたので、いまだ！ という感じでみんなで質問攻めにする。なんでも答えてくれるから頼もしいったらありゃしない！

森先生のものすごく大きな知性の光って、すごく豊かな空間で包まれているんだなあ、とあらためて思い、あの作品の大きさの秘密を少しだけ見た気がする。

夜はフラ。今週は貧血でないので、少しだけ足下がしっかりした踊り。でもそのぶん振りがぜんぜんできてないから、真横のじゅんちゃんをただひたすらに見つめてなんとかついていった。毎回たいへん！

あゆちゃんが横で踊っているとものすごい気みたいなものがぐわ〜っと押してきて、立っていられないほど。

そうか、あゆちゃんは発する踊り、クリちゃんは受け入れる踊りなんだ、だからすごくバランスがいいふたりなんだな〜！

8月13日

家の片づけや子犬の世話をしつつ、いじけた他の子たちの様子も見て、忙しいったらありゃしない。

ちょっと抜け出して子犬にかじられてなくなったスリッパの補充など家のさまざまな買い物をし、カバンの衝動買いまでしてから、のんちゃんとお茶とランチ。聖子ちゃんの店に行ったり、小籠包《ショウロンポウ》を買ったりする。休日っぽいなあ、と思ったけど、「プレシャス」を観《み》たことによって気持ちは非休日な感じ。あれって、もはやホラーというかそう思わないとやりきれない！ すばらしい教師が出てくるんだけれど、他の部屋にいてちょっと寄ったチビがその人をちらりと見て「すてきな方ですね」と言ったのがあまりにもしっくりきてすごくおかしかった。

8月14日

じゅんことおみちゃんとまみちゃんが子犬を見に寄ってくれたので、みんなで下北ディナー、お好み焼きを食べる。N亭は激うまだがちょっと味が濃くなってきていて、若者に人気がありすぎて混みすぎて店の人もなにがなんだかわからなくなっているかげりを感じる。数年前まであった静かなきらめきが消えている。

イタリアンバルDもそう。不良立ち飲み的なおおらかなよさがなくなり、すっかりきっちりした店になった。おつりを渡そうとした店の人が、小銭を取ろうとしたら手を下げた、それってほんとうに疲れている人の反射的な意地悪い気持ち。

店って不安定だなあ。戻ってほしいなあ。

チビがみんなでお風呂に入った思い出を語りながら、

「じゅんちゃんは『ふさふさ（彼の表現による下の毛のこと）なんてあって当然じゃないの』という態度なところが、じゅんちゃんの性格に合っていてとてもよかった」と上から批評していたが、全てが問題である。

8月15日

あまりにも子犬が来たことがショックすぎたらしくオハナちゃんが腸炎に。かわいそうだが、とにかく乗り越えてもらうしかない。古いほうの犬って宝物なんだけれど、なかなか本人（？）には伝わらない。

なぜか拙宅にハリウッド女優RKさんがあんだちゃんといっしょに寄ってくれたので、意味なく「ノルウェイの森」のDVDをちょっと奥に隠したりして、楽しい時間を過ごす。

あんだちゃんは四歳から知ってるから、どんなに美人に育っていてもなんだか四歳に見える。そしてR子さんはただいるだけで空間を照らすすごい迫力。ひとつひとつの動きに全くむだがなく、今の時間にぐっと根を下ろしていてさすがと思う。普通の美しい女優さんとちょっとレベルが違う感じだ。

人って三十代がいちばんきれいだな。

オハナの病院が押して、ちょっと遅刻してたかさまのふまれたい会に。ぎっくり腰になりそうなのんちゃんも急遽寄《きゅうきょ》り、みなでふまれてから姉のこってりディナーを食べる。

羊のサラダ、じゃがいものパイ、揚げ春巻き（中にはチーズとエビとツナ）、酢豚、鶏飯というものすごいメニューであった。

たかさまの、とっさに許す心とか、意地悪やいやみをしない態度とか、面倒くさがらない心ってすごい。私もあんなふうに生きたいなあといつも思う。

8月16日

りさっぴと明さんと春秋に行く。
宮内さんのお料理、十年以上かかってやっとほんとうに理解できた気がする。こつこつ作り続けるすばらしい人だ。彼のお料理と奥さまのサービスの両方が、安定した人気を呼んでいるのだなあ。
チビ「りさっぴ、べろ相を見てあげるから舌出して」
明さん「う～ん、かわいい顔だなあ、これ、他の子がやってるところを見たいなあ。ねえチビちゃん、彼女に『えら相』が出てるって言ってあげて」

ありさを相手にそんな面白いことをくりだし続けられる明さんもすごい！

8月18日

のんちゃんとちほと台北《タイペイ》へ。アイリーンちゃんに会いに！

前回思い切りレトロなホテルだったので、今回は都会的なところに泊まってみたくてWホテルにした。台湾のバブリーな人たちを全員見ることができて取材の観点からは大変に満足した。部屋もほんとうにすてき。小さいけれどなんでもあって景色もよくオシャレで落ち着いていて！

夜はほとんどクラブになる下のバー、日本で言うと青山というよりもなんとなく六本木な感じの子たちが、きっとここで夜を明かすのがいい感じなのね〜。そして、もっとお金のある若いボンボンは女子たちの泊まり代まで出したりね。なんとなく全員で泊まってる感じがなく、お持ち帰りしてるのは本命のみなのが、まじめでアジアな感じ。

とりあえず全員でヘソ灸《きゅう》に行って、大満足してから鼎《ディン》泰《タイ》豊《フォン》に行く。やっぱり台湾のここはおいしい。日本はちょっと違う。なにが違うのかわからないが、違うのだ。並ぶだけのことはある。

ちょっと散歩して誠品書店に行き、自分の本やかっさの本を見て、充実してホテルへ。

8月19日

ちょっと郊外にある山のレストラン食養山房へ行く。お坊さんが経営しているが、菜食ではなく、しかし健康によい食事。お酒もなく、ゆっくりお茶を楽しむ。お酒がなくても景色とお茶で大満足。

そこではアイリーンちゃんの知り合いのユウスケさんが働いている。彼はここで働きたくて、ただただそこを目指して日本を離れたという、すばらしい行動力。そして今ではみんなに頼りにされているのがわかる。

まずゆっくりと散歩しておなかをすかせてからごはんにするのもすばらしい。出てくるもの全てが美しくておいしくて、ていねいだった。ドリアンが入っていたり、パッションフルーツが使われているのが南国風。

自然に囲まれた中で何時間もかけてごはんを食べるなんてなんという贅沢《ぜいたく》なことだろう。

広大な敷地に点在している施設はいろいろな会合に使われているが、あまりにも広いからそれぞれのお客さんが気ままに過ごしても息苦しくない。働いている人には禅の修行になり、お客さんにはひとときの安らぎを与えるなんてなんといいところだろう。

夕方ちょっと北投に寄って一時間だけ温泉に入り、ほかほかになって市場に行く。チビがゲロを吐いたり大騒ぎだったけれど、なんでもおいしくて安くて活気があって、市場とはいいものだなあと思う。お金がなくてレストランに行けなくてもぜんぜんつまらなくならない。アジアの気候には市場的なものがどうしても必要なんだと思う。

8月20日

夜明けにちほちゃんを見送って、ホテルのプールで泳ぐ。ちょうどいい温度や深すぎない水深にチビ大喜び。

お金持ちのゲイカップルばっかりで、なんだかほんとうにバブリーだった。

それから「クヮーサー」(日本語だとかっさ)を受けに行く。その前の整体がうまいけどかなり荒々しかったのでどきどきしたが、かっさ自体は大して痛くなかった。ほっ。

しかしのんちゃんの背中がものすごく赤くなり、医院の人たちも「彼女はとても悪い」と眉《まゆ》をひそめていた。ぷっ。そのあとも道ばたであったかっさ学院の生徒たちと先生に「ああ、彼女はひどいわね」「まあほんとう」と言われていた。行ったかいがあったというものだ。

そのあと足裏マッサージまで行っちゃった。

さいこうに甘くおいしい豆乳で栄養を補給して、ちょっとだけ玉市に寄ったり、おみやげを買ったりしてから、有名な鶏鍋《とりなべ》を食べに行った。十年くらい前にヒロチンとはじめて台湾に来たときもこの店に来たが、そのときと同じシェフがひたすらに鶏鍋を作り続けていて、頭の下がる思い。

月のきれいな夜、みんなで手をつないでのんびりと歩きながら紫藤廬《ツートンルー》に行って、ゆっくりと最後のお茶。

「こういう淋《さび》しさってどうしたらいいんでしょう」とアイリーンちゃんが言った。旅の終わりの淋しさ、別れのつらさ。何度経験しても慣れることはない。いつかこの世ともそうやってお別れする練習をしているんだと思う。

ひとりで台湾に渡り、会社を作りながら、北京《ペキン》語を学ぶ彼女。

海外でがんばる日本人、そういう人たちの心の支えになる作品を書いていきたい。

だれもがその人の内側の空間にそっと憩《いこ》えるような小説を。

8月21日

超早起きして雨の羽田を目指す。

飛行機では爆睡、そのおかげでなんとなくしっかりして東京に降り立つ。

私が「日本のいやなところ」を書くのは、よくなってほしいからだ。

日本人の持っていたよさを、もう一度取り戻したいから。

だからやっぱり書いておきたい。

台湾では基本的に、道を聞いたらだれもが真剣に対応してくれる。わからなかったら他の人を捕まえてでも聞いてくれる。タクシーの運転手さんはお金をぼらないし、道を相談したらまじめにいつまででも考えてくれる。子どもを見たらみんなちょっと笑顔になるし、お店の人は無愛想だけれどあいさつしたらにこっとしてくれる。

それに三日間で慣れきった状態で、トイレに入った。

トイレの前には、荷物の多い人用のサービスカートがあり、運転するお姉さんがにこやかに「どなたでもご利用できます」と呼びかけていた。

私は男トイレに入った子どもと外で待ち合わせていたが、私が出てもまだ彼はいなかった。私は気楽に「子どもは先に行きましたか?」とお姉さんに聞いた。お姉さんは私と子どもが待ち合わせている様子も見ていたし、通行する全部の人を見ている場所にいるからだ。

そうしたらお姉さんはにっこりと笑って「どのお子様かわかりかねますので」と言って、そのまま顔をそらした。

うわあ、ロボットみたい! 日本に帰ってきたんだ! これがまさに今の日本だ! と私は思った。

台湾なら少なくとも「どんな子だ?」「どうしたんだ? 迷子か?」という質問が返ってくる場面なのだった。人間は人間とともに生きているから、人間の対応が見たいのであって、なにかしてほしいわけではないのだと思う。人間の小さい力を見たいだけ。

トラブルがなく、いい状態で、健康で、お金もあって……そういうときには全《すべ》てが感じよく上品で美しく回っているが、ひとたびトラブルがあって弱者の側に巻き込まれたらもうどこにもひっかからないつるつるの壁。みんな見て見ぬふり。弱者の、病気の、トラブルの匂《にお》いをさけるためならなんだってする。それが今の日本。

もちろん子どもはあとから出てきて、私たちは会えて、のんちゃんと「夏休み楽しかった、ありがとう」と言い合って平和に別れたけれど。

さようなら夏休み！

8月22日

今日は今日とてヒロパパに会いに那須へ。

ほんとうに謎《なぞ》の立地にある宿に泊まる。那須塩原にふつうの住宅街みたいなのがあるのもすごいけど、そこに宿があるのもすごい。

ヒロパパは今日も絶好調。会えるといつでも嬉《うれ》しい。一人暮らしをこつこつとエンジョイして、自分を持っているヒロパパだ。私は嫁ですらないのでなにもできないのだが、なにかしてあげるような関係ではない、ヒロパパの前では自分がこどもに思えてしまうくらい、彼は強い人だ。

晩ご飯のすべてがおいしいんだけど、なんていうか、独特。

「これは絶対に酒好き太った男が創《つく》った料理だ」と言ったら、それがあまりにも当たっていたのでびっくりした。

8月23日

義経の部下がひそんでいたけど、米のとぎ汁で見つかって殺されただか自害しただかというあらゆる意味で非常にはんぱな遺跡を見たり、化石館に行って化石について研究したり、巨大吊《つ》り橋を渡ったり、猿と写真を撮ったりして、有意義に過ごす。

SHOZOの満席に衝撃！　やはりすばらしいお店だなあと思う。

台湾のつかれと温泉の影響で寝てばっかり。とにかく眠い。ヒロパパの家でもぐうぐう寝てしまった。人の家で人の声を聞きながら寝るのってほんとうに安心で幸せ。

8月24日

ひさしぶりに家にいられる日々、なんて幸せ。

ここぺりに行って、またもぐうぐう寝る。

それから猛然と仕事をして、りかちゃんのお誕生会にかけこみ参加。笑顔が楽しい分、みんながフラを離れていって、どんどんいろんなことが薄くなっている淋しさを感じずにはおれない。人と人との関係は刻々動いているんだなあ、と思う。その日に会う、目の前の人を大切にすることだけしかない。

夏が好きなりかちゃんと夏の終わりを分かち合えてよかった。

8月25日

病院で検査、チビとお昼。

夏休みも終わり、いつもはじまる前は壮大な計画をいろいろ立てるんだけれど、半分もできない。そうこう言っているうちに、子ども時代は去ってしまう。精一杯やっているつもりだけれど、時間がもったいない。

もう人生は折り返し点、ますます書くことだけにしぼっていこうと、心から思う。他の仕事にエネルギーを割く気が全くおきない。それに従っていこう。

いろんなことが終わって、去って行く人もたくさんいる。それが人生だ。

夜はフラ。

まみちゃんの家に飾ってある似顔絵のすごさと、おみちゃんがいつでもどこでもいちばん正しいのに、まわりの人がみんな特殊すぎて全然評価されてないおかしさで大爆笑したら、ちょっと元気になった。

8月26日

太極拳《たいきょくけん》。じゅんじゅん先生が足をけがしていて気の毒……。

それでも教えてくれる強さと優しさに感動。

武道は人の心も強くするんだなあと思う。

夜はたづちゃんとゆみちゃんとコサリへ。おいしいし、きれいだし、いいお店だ。

チビも久しぶりに本気で遊んでもらって嬉しそうだった。

帰宅しそびれたのんちゃんが泊まりに来たので、チビますます大喜び。寝ない寝ない。

しかも寝相が悪くて自分の寝ているマットレスから何度も貞子のようにはいあがってくるので、我が子を千尋の谷につきおとすライオンのように押し戻し続けた。

8月27日

マーコさんを囲む会、清水ミチコさんのおうちへ。

わりと近くに住んでいるので、のんちゃんといっしょにぽくぽくと歩いて行った。

ミチコさんのちょっとした反射的なツッコミ、さすがにすごい！ そしてやっぱりママだなあ、主婦だなあと思う、キッチンでのものごとのさばきぶりとか、ささっと作る超おいしいサラダとかフチャンプルとか。

ちゃんと生活していて、いろんなものをじっと観察していて、もうほんとに偉大。

そしてマネージャーさんの田中さんの人相のすばらしさ。今どきこんなしっかりした人相の人を見つけるなんて、信じられない。

すべてにおいてますますミチコさんのファンになった。

マーコさんがみんなにひとことアドバイス。

マーコさんのすごいところはいたずらに前向きになれることを言うのではなく、確信を持ってその人の求めている人生とその人のあいだのズレを時期を含めて言えるところだ。しかも謙虚で、自分のすごさを誇示することは決してない。このお仕事のために生まれてきた職人さんでありお姫さまのような、とても不思議な、すてきな人。

のんちゃんを送って日暮里まで行き、そのまま実家へ。チビは泊まるから姉と夜中にお墓に行くと大はしゃぎしていた……知らないぞ〜！

8月28日

チビがいないので、仕事はかどるはかどる。

夢のようだった……。

この生活はほんとうに小説大リーグボール養成ギブスをはめているようだ。この環境で書けている自分がおかしいとさえ思う。はずしたあとのオレを見てろよ（だれに向かって言ってんの?)!

8月29日

きたやまおさむ先生と対談。

あまりのかっこよさにクラクラする。やはりカリスマというかスターだ。スター性が必要ない精神分析のお仕事で、あのような輝きがあるとたいへんだろうな……と思いきや、人の話を聞くときのかまえは別の人格で、全く自分を消してしまう。すごい人だ!　そして、きたやま先生に自分の話をすると思うだけで、急に焦点がぼやけてくる、「ということは見たくないことがごまかせずに勝手に出てくるということ。聞き手としての才能もすごい!

しかし、どんなに具合が悪いときでも(メキシコ帰りで病み上がりでいらした)声がしっかりと大きくて朗々と響くっていうのは、たいへんに気の毒なことだ。声を聞いたら絶対元気だと思うもん。

仁藤さんの果てしなく粘り強く、しかし沼のようにどこまでもずぶずぶ沈む深い&なので深追いできないキャラのおかげで、さくさくとテーマも決まっていってほっとする。

私の幼い日々にはいつも彼の声があったので、声を聞いているとどんどん頭の中に歌が流れてきて、困るくらいだった。

そしていちばん得したことは、生で講義を聞けたことと「きたやま先生がちょっとだけ口ずさんだ『なごり雪』」を聴けたことであった。

8月31日

ＩＣＵできたやま先生と対談の続き。二回目なので、すごくさくさくと進むし、ものすごく面白かった。ＩＣＵは学《まな》び舎《や》としてすばらしい環境にあり、学生に戻って勉強したいな、と思った。あんなむつかしい学校、きっと受からないけど。

アシスタントの稲村さんの個人的なお話も仁藤さんの個人的なお話も時代を強く反映していて、時代の中を生き抜くことについて役者がそろっている感じだった。

吉祥寺《きちじょうじ》の、考えられないくらいレベルの高いフレンチに行き（最近フレンチはあたりが多いなあ）、みんなで飲みながら話をする。お酒の入ったきたやま先生は完全に四十代くらいの若さ。ほんとうにおもしろいツッコミを三十分に一回くらいするので目が離せない。こんなスターらしいスターに久しぶりに出会った感動。スターはやはりスターであった。

いちばんおかしかったのは、仁藤さん「きたやま先生は長い年月のあいだに、奥さま以外の方と深い恋愛におちいったことはないのですか?」きたやま「それはだねえ……ってさあ、聞かれたからってそんなことぺらぺらしゃべるわけないでショ!」っていうところだった。

9月1日

チビの新しい学校初日、はつらつと出ていった。

私は病院に行き、検査結果をどきどきしながら聞くも、良性の腫瘍《しゅよう》が増えていただけで、パスしたのでほっとした。

夜はフラへ。

すごく好きな曲なんだけど、さりげなくむつかしくてあたふたしたまま終わる。みんなほとんど一回で踊れてすごいなあ……。

ごはんの途中じゅんちゃんがあわてて帰ったので、「デートかな」「そうかなあ」「だってこの時間だよ」「わかった、『アメトーーク』をみたかったんじゃないの、いい声芸人だし」「なんだそうか」「じゅんちゃんってほんとうに犬に似てるよね」「アフガンハウンドとかボルゾイにね」「ああいう犬を道で見るたびにじゅんちゃんだと思うよ」「そういえば、実は私って布袋《ほてい》に似てるんだよ……」

などとみんなで言い合う。

ふつう、女子だけの会でひとり先に帰ると、もっと高レベルの悪口大会になるはずなのに……！　この小学生レベルの感じ、この人たち、なんてすばらしい人たちだろう、としみじみ思った。

９月２日

「Ｑ健康って？」に書いてもらったるなさんにお礼を言いにいく。

久々に会ったら、ますます神々《こうごう》しくなっていて、もうこの人はなにかを超えた、と思った。きらきらしていて、強くて、なにかが違う。元の彼女じゃない。

生きていてほしいな、と素朴に祈る。いっしょにいると、自分の細胞がわきたつような不思議な感じがした。

チビの学校のミーティング。親が子どもを思う気持ちはだれも同じなんだ、と保護者会的なものに出ると、真摯《しんし》な気持ちでいつも思う。私はインチキな親だけれど、やっぱりそこは同じだから、大人がこんなにいっしょうけんめいに自分や他人の子どもを思うようすを見ると、いいなあと思わずにいられない。

そのあとは舞ちゃんとじゅんちゃんのミーティングにかけつけて、もやしスープを飲みながら、みんなで行く夏を惜しんだ。あっという間に夏って終わってしまう。幸せな夏だったが、忙しすぎた……！

9月4日

怜先生のホイケに行く。いきなりあやちゃんと赤ちゃんに会って嬉しかった〜。懐《なつ》かしい人々や事務所の人々が踊るのを楽しく見守りつつ、いろんなことをなるほど、と思う。なんでこの人たちはこういう踊りになったのか、自分はどうなのか。そのカラーの違いに納得いかないこともネガティブな気持ちも一個もなかったので、ただ懐かしく幸せだった。

レベルがすごく高いということ以上になによりもとてもあたたかいアットホームなホイケで、怜先生もすごく柔らかく幸せそうだったので気持ちがほんわかとなった。いっちゃんのご家族にも会って、家族のよさもしみじみと味わった。

じゅんちゃんと私の家族とでインドネシア料理を食べた後、ヤギのいるあのカフェへ。

ほんとうにヤギがいるからおかしい！　チビはまったく臆《おく》せずにヤギに向かっていくので、動物に慣れてるなあと感心する。ヤギは子どもが嫌い（動物はたいてい子どもが嫌い）らしく、チビが来るたびに何回でも静か〜に首を柵《さく》から引っ込めるので、そこもおかしかった。

八〇年代、毎晩ああいうカフェにいたことを懐かしく思い出した。ああいうカフェは不滅なんだなあとも思った。

9月5日

納得のいかないことがいっぱい。

これを読んで「自分のこと？」と思っちゃう人がいるんじゃないかと心配なくらい、すごいレベルの異様な変化でいっぱい。

これは、人々にも、自分にももちろんある震災のトラウマなんだな、と思う。

私の場合、ほんとうに人生はホラー映画のようだった。実際起きたこともちょろいトラウマではなく、言えないし書いてないことがもちろんいっぱいある。だから、ただ生きるだけだ、生き抜くだけだと今思っている。自分の場所で、臨機応変に判断して。人にも土地にもなるべくかじりつかず。

悲しい本を読んだり、悲しい音楽を聴いて、泣いて泣いて苦しんでみたり、こわすぎる映画を観《み》て、あまりにもこわくて眠れなくなったりするのは、意外に効果がある。そのこわさのジャンルはドキュメンタリー的なものではなく、もちろん優れたフィクションのことだ。音楽も、もちろんそうだ。もちろんもちろん、小説でもいい。

あとは笑えるものに触れて、泣くまで笑うのもいいと思う。

それは普通の日々を生き抜く心を準備できる。

前も日記に書いたけれど、幼い私の毎日はホラーだったので「ゾンビ」（いろいろなゾンビがあるけれど、もちろん「ドーン・オブ・ザ・デッド」アルジェント版のことだ）を観たとき本気だった。これは私の毎日に似ているとさえ思ったし、私の毎日よりもひどいからこそ、自分が大丈夫と思えた。あれは私にとって、映画ではなく、現実だった。

愛する親やきょうだいやともだちが死んだ後、腐りかけながらよみがえってきて、自分を食べようとする。情はなにも通じない。もう生きていた彼らではない。もしも生き延びたかったら、彼らの頭を残酷に打ち抜くかたたきつぶすしかない。噛《か》まれたら自分もゾンビになる。だから毎日じわじわと世界にゾンビが増えていって、人類は減っていく。これを、自分のこととしてリアルに考えてみたら、どれだけ絶望的な状況か、想像できますか？　もちろんこれは七〇年代、核とヴェトナム戦争にまつわる不安が背景にあったからこそできた映画だ。

ショッピングセンターの中で、人種も職業も超えて、友情を育《はぐく》み暮らす人々。そこにはくりかえし、かろうじて生きている人類が意味なく発信している絶望的な議論に満ちたＴＶ番組と世界の人口が減っていく悲惨な映像が流される。極端なストレスの中で、命が生きるからだけの理由で生きようと決意する人たちの絶望的な希望。

しかし、これが人類の力なのだ。たとえ滅びるとわかっていても、一日を生きる。ラストシーンの希望と絶望は、私に最後の線での救いを与えた。

まさか、あの映画がほんとうになるなんて思わなかったな、と私はあの三月の日、くりかえされる津波と原発の映像を観ながら思っていた。全く同じじゃないか、このむだな議論も、絶望的に部屋にいて外に出られない閉塞感《へいそくかん》も、毎日わからないこわさがせまってくる不安も。

よし、今こそあのときの絶望と希望を思い出そう、と思った。

幼いときにインパクトを受けたものの効果は絶大だ。

みなさんに「ゾンビ」をすすめているわけではありません（笑）！

9月7日

事務所のバイトの人たちと、りさっぴと明さんの店へ。

バイトの人たちといっても、レベルが高く、ほとんど奇跡みたいな人材ばかり。

みんながそろっているだけでただ幸せなのは、幸せな上司だなあと思う。不況ゆえに会社をたたんだり、労働時間を減らさせてもらったり、お給料も減ったり、とてもたいへんなのにみんな働き者だしいい人たちだし、ごはんはおいしいし（豚の丸焼きが出てきた！）、りさっぴだって辞めてもなおみんなと過ごしてくれるし、ありがたくてしかたなかった。

チビははしゃぎすぎて、あと、ママが仕事の顔をしてるから大騒ぎ！

ママ怒りっぱなし。

ただ怒ってるところを見せただけの会なんじゃ？　と思ったけれど、満腹で、りさっぴもいっしょに犬を連れて海辺にいって、ただみんなで海を見たのはとても幸せだった。

夜はゆりちゃんが寄ってくれたので、軽くごはんを食べておしゃべりした。

たまにこういう日があるといいなあと思う。

なにをするでもなく、時間を過ごす日。

9月8日

酵素風呂《ぶろ》に入ったら、ヨレヨレになった。夏の疲れが出たのだろうか……。

松家さんのお見舞いに行く。同じ骨折でも母とは違って回復が早く(若いからあたりまえか)、もっと痛くてのたうちまわっていて苦しんでいると思っていたので、ほっとした。偉大な人なので、元気でいてほしい!

松家さんのインタビューを受けたら、その力の注ぎ方に触れたら、もう短いインタビューを受ける気持ちがどうしても起きなくなった。どうしても起きないのなら、今はしなくていいと、自分で判断している。そのくらいインパクトのある仕事だった。

夜はフラ。ジュディさんと同じチームに入れたので、すごく勉強になった。楽しいなあ、踊りをおぼえていくのも、みんなで同じ風景を表現するのも。

9月9日

税理士さんと打ち合わせをした後、舞ちゃんとタッキーとごはん。

チビが舞ちゃんのうちにお泊まりに行くので、せめてごちそうする。一晩中ゲームをするといってかなりはしゃいでいて、舞ちゃんも優しくて、ほんとうにありがたいご近所さんだと思う。

チビがいないと仕事がこわいくらいはかどって、ほんとうにいつもどうやって仕事しているんだろう？　特に夏休み、この二ヶ月なんて、どうやって仕事してたんだ？とまたも首をかしげる。

9月10日

あまりにも楽しいことがあると、頭の中がむちゃくちゃになってしまう、イライラしてしまう、どうしたらいいんだろう、とチビがむちゃくちゃになって、いっちゃんと立ち往生。でも、最終的にはその気持ちわかるよ……と泣いているチビと話し合って肩を抱き合って帰ってくる。

わかるなあ……。

でも、大人になると、普通がいちばんだっていうことがわかってくる。

どんなすごいことよりも、普通の、テンションが高いわけでも熱狂しているわけでもなく、中間くらいの気持ちでいられる日々がいちばんだって。

たまにあるすごい一日に基準を合わせたら、その中でも刺激が低い日がつまらない日になって、どんどん刺激を求める人になってしまう。その境目は、歳《とし》をとらないとなかなかわからない。

自分のスタンダードを見極めたら、そこの中で開いていく力こそが自分の力なんだと思う。

9月12日

健ちゃんの原稿を読むが、かなりよかったのでほっとする。

もし、変な目のつけどころで書いていたら、ともだちとしてそれは言わなくてはいけない、そう思ってかなりドキドキしていたので、冷静な目で読んだのだが、さすがだった。いろんな経験のうち「そこか?」というところをピックアップしてくる独自の視点は健在というか、長く旅をしていた意味があったと思わさせられた。

家族&健ちゃんで宮崎料理を食べに行き、いろいろしゃべる。これもいつものほっとする時間。よかった……!

9月13日

ふまれたい会。

たかさまと晶子さんが手分けして姉と父と私をほぐしてくれた。

姉のこってり料理、両親の姿。どんなに時が流れても、忘れられない実家での時間。

一時期は、実家に顔を出すのがつらかったりこわかったりした。親がぼけたり、姉が疲れ果てていたり、自分はなにもできなかったり、自分も忙しくてたいへんだったり。泣いてばかりいた。

でも、そういう時期があったからこそ、今があるんだ、と思う。

それから、あれほどよく酒を飲んでたな、オレ！　と思う。

あまり飲めなくなってみると、あんなに飲むなんて、気違い沙汰《ざた》だと思える。すごく酒を飲む場っていうのも、かなりおかしい場だし。でも、あの地獄を見たからこそ、今があるなあってやっぱり思う。

9月14日

きたやま先生との最後の対談。

もうお互いの人格をなんとなくつかんでいるので、すばらしい流れ。

そしてあの勘と勘に頼らない知性と、タイミングの読み。

長年多くの人々をひきつけてきただけのことはあるなあ、と感動してしまった。

大きな人物のまわりにできる渦は、いやおうなく本人をたいへんにする。

そこを生き抜いてきた彼への尊敬だけがしっかりと残った。

微妙に時間がなかったので、みんなでさくさくっとお弁当を食べた。とてもおいしかったし、夏の名残が残っているいい夕方だった。

9月15日

コーちゃんの狂犬病の注射や鑑札の申し込み。

そういうひとつひとつの作業が、とても嬉《うれ》しい。

暑い中かけまわったわりには、なんだか幸せな気持ちになれる午後だった。

獣医の先生にも「あんたはのびのびしてるねえ」と言われる天真爛漫《てんしんらんまん》すぎるコーちゃんであった。家中のどこにいってもついてきてくれるから、家にいるのが楽しい。

夜はフラ。たまに、前世ってあるのか？　と思うくらい衝撃的な曲がある。あまりにフラを長く習いすぎたせいか、いくつかの場所と場面の歌を聴くと、知らない映像や記憶が頭の中にどんどん流れてくることがある。曲とあまり関係のない、しかし自分の人生ではない内容。今日はそれがあって、とても不思議だった。

しかしそんなことも関係なく、みんなでがつがつとインドネシアごはんを食べながらアダンのあたりをうろうろしていたらいっさくさんに優しくおごられた。よかったよかった。

9月16日

チビの新しい学校のミーティング。

慣れない私たちに優しく気をつかって事前に会ってくれたご夫妻のおかげさまで、すんなりと存在できる。そういうことがすっとできる人たちってほんとうにすばらしい。私もいつもオープンでいたいと、心から感動してしまった。

一見面倒だったり、ちょっとだけ目をそらしたかったりすることのなかに、たいていは宝物が潜んでいる。

PTAみたいに役を押しつけ合うのではなく、学校が好き、先生たちに感謝してる、子どもたちが幸せであってほしい……そういう気持ちがみなさんの笑顔からじわっとあふれでているので、あまりにも海外が多すぎてしょっちゅういられない私たちでもできることはなるべくしたい、と普通に思えるのが、とてもいいと思った。

9月17日

チビとふたり、あまりにもたいへんでふたりとも泣いたり笑ったり。いっちゃんの家を見に行ったり、Say Cheese! でハンバーグを食べてガス抜きしたりして、しのぐ。

でもなんていうか、パパがもしも存在しなかったら、ふたりは洞窟《どうくつ》のけもののように時間のないだめだめライフを送るんだろうなあ、と思う。パパはきっちりしているのでたまに息苦しいと思うのだけれど、いないとありがたみがわかりすぎる。

今頃になって、英語の勉強のためにヤマニシくんに借りたアリーを観ているのだが、あとの人がどんなに名優で名演技でも、ルーシー・リウとダウニーJr. が出てくるとかすんでしまう。ハリウッドのレベルのすごさを、思い知った。ハリウッド映画に出ている人たちは、どんなにバカっぽい人でも何かを知ってる顔をしている。その理由もわかった。人はなにかが極まると光りだすのだ。光りだすと、普通の暮らしがなかなかできなくなるのだ。

9月18日

宮崎取材。一泊でどこまでできるか……。

と思ったら、台風が来る気まんまんで、あきらめたら、かえっていい取材になった。チキン南蛮（のりこにはあま酸《ず》っぱさが不評）を元祖の店で食べて、みそぎ神社に行って、温泉に行って、のんびり……してたら、なぜか大神神社の稲熊さんちのおじょうさんが後ろで体を洗っていた。ふしぎ！　だって奈良にいるはずなのに、私は東京なのに、なぜ宮崎で会うの？？？　しかもちょっとでも時間がずれたら会えなかった。きっと神様っているんだなあとまた不思議に思って、嬉しかった。

宮崎で念願の地鶏《じどり》のこげたみたいな焼き物を食べたら、なんと下北沢の宮崎料理のほうがうまかったときの衝撃！　なにしに来た、オレよ！

9月19日

宮崎の人はがいして接客が苦手、ちょっとシャイ、でもパンチのあることが好き、そして心の底にはのんき〜な水が流れているとみました。

天気は微妙だけど、シーガイアの朝飯うまし！　平和台公園や鵜戸《うど》神宮や青島など回りまくる。鵜戸神宮の立地に感動する。とちゅうのんちゃんとはぐれたりしながらも、正式に参拝。のんちゃん、チビ、私の珍道中もなんだか慣れてリズムがつかめてきた。ともだちを作るっていくつになってもすばらしい。それものんちゃんがいろんな土地に好奇心をもって臨んでいるからだと思う。

たまたまお願いした運転手さんのおすすめのお店で海鮮を食べまくって空港で別れた。「ビールを飲んだ上に、これだけ、よく食べましたよ！」とほめられたのは衝撃的だった……大人になってから、こんなほめられかたをするなんて！

タッチの差で台風からのがれ、東京へ。よい旅だった……日本はいいな、来年は日本をめぐろう。

9月20日

チビも私も風邪ぎみだし、台風で取材が切り上げられたこともあり、ふたりでがむしゃらに江ノ島へ。

雨の水族館でいろんなものを見てなごむ。なごんだり、けんかしたり。

パパが出張でるすのときは、一日一回も座れないときがある。子犬もいるし、子どももいるし、仕事もあるし、ごはんもほとんど立ったままつまむくらい。スープを立ってのんでおしまいとか、そんな日々なのに、寝るのは四時とかで、なんでだろう？と思ったら、単に要領が悪くてのろまなのであった。

江ノ島アイランドスパの炭酸泉にじっくりとつかり、上の階の愛想がむちゃくちゃ悪いが質の高いレストランでごはんを食べたら、風邪がふたりとも治った。

そして湯上がりの濡《ぬ》れた髪の毛のままで、小田急線の各駅停車でぽこぽこ帰った。

9月21日

すごい台風……の中、地下の映画館でタッキーと「ザ・ウォード」を観《み》る。ホラー映画趣味のあう事務所員ってすばらしい！　にこにこしながら映画館で出会えるし。

途中から「もしかして」と思っていたよりも、もっと露骨にもしかしてな内容であった。しかし、ちょっと泣けるシーンもあった。ダンスのとことか。あの闘う女、好きだったたのになあ……と妙に感動した。カーペンターってすごい。なんだかわからないけど、すごい。

韓国ご飯をさっと食べて帰宅したら、もう台風が直撃して植木鉢は飛ぶし、木は倒れるし、すごいすごい!!　思わずちょっと外に立ちつくしてしまった。

電車が止まり、震災を思わせる雰囲気にチビがうつろになり、トラウマの深さがわかる。

でも、夜には台風はすぎていった。天災はほんとうにおそろしいけど、人災よりも受け入れやすい。

9月22日

十年ぶりくらいに、あさよさんに会う。お互いに男の子のママになってたけど、奥に流れるものは変わってない。しかもあさよさんは相変わらずものすごい美人だった。昔もライブハウスにたたずむ彼女は「はきだめに鶴《つる》！」という感じで神々《こうごう》しく「なかなかここまでの美人っていないよなあ」と思ってたけど、その美は健在。けっきょく、美しさって心のたたずまいだなあときれいごとでなくて思う。

お子さんもすごく優しい子に育っていて、なんだか感動してしまった。

9月23日

自分でも、どうやってしあげたのかさっぱりわからない、小説がひとつ書き終わる。つらい内容であった。疲れた！　しかし今のベストをつくした。このひどい生活の中でのベストなので、くやしいんだけれど。

健ちゃんとチビと変な組み合わせでウィーちゃんの展示会へ。着やすくてかわいい服がいっぱいでいい感じ。一枚購入した。タムくんがひたすらに似顔絵を描いていてなんだかおかしかった。しょっちゅう会わないのに、会うとなんとなくなじんだ感じがする不思議な夫婦だと思う。

帰りは健ちゃんとチビとでハンバーガーを食べて、おだやかな時間を過ごす。このふたりの名コンビさや不思議なかけあいの面白さは、ちょっと言葉につくせないほどで、ある意味相性がいいんだと思う。本人たちはいやがると思うけど。

9月24日

イケメンハウスの庭の問題をつめたり、台風のあと片付けをしにいく。庭木がみんな枯れていて、海辺の台風の潮のすごさを知る。

といっても、はっちゃんがあまりにもさくさく行動して、私が取材&打ち合わせをしてるあいだになんとかなってしまってびっくりした。すごい人だ……近所のおばさんのいなしかたなんて天才!

感動しながら、浜辺を見に行ったら、すさまじいことになっていた。

ヤシは折れているし、階段は数段なくなってるし、堤防は削れているし、まっぷたつになったボートが浜辺に残骸《ざんがい》としてつまれていて、そこに真っ赤な夕日が沈み、いつになくおだやかな波……終末的光景で、あまりにもきれいで、黙って眺めてしまった。

9月25日

〆切の疲れでさすがに寝込む。

「アカン警察」を観ながらうたたねできるなんて、よほど疲れてるんだ！　でも、しょこたんの部分はしっかり観てげらげら笑った。

今回の小説は、震災についてだった。もちろん震災とひとことも書いてないけど。いつものヒッピー的人物がいっぱいのおとぎ話なんだけど。

そして、生きている人だけじゃない、死んだ人に向けて鎮魂の意味でも書いたから、ふたつの世界を扱って、すごく疲れた。疲れたのに全く気持ちよく解決しない、これが人生だ。しかし人生は生きるに値するものだ。そういう内容だと思う。

読んだら軽すぎて、ほんとうに身内を亡《な》くした人は怒るだろう。

しかし、ほんの一部の生きている人と死んでいる人には絶対伝わる。深く伝わる。

意味がある人にはある。そう思って書いた。

9月26日

とてもよくない知らせが来てあ～あ、と思うも、心づもりができていたので、慣れてきた。

あとはできることをつどするだけ。

いっそう人づきあいが悪くなる予感がするけど、しかたない。削れるものは大胆に削って、ベストをつくそうと決める。

エネルギーをもれさせているということは、うわさ話といっしょで、その場は楽しいけれど、あとで疲れるしむだな時間だったなあと思うものだ。

私はたくさんの人に会うから、そのコツをつかんでいて、接して漏らさず（笑）ができるけれど、それでもやっぱり気をぬくとむだに流してしまう。

いっそうぴりっと生きようと決心する。人に嫌われてもいい、こわがられてもいい。

ここぺりで信じられないくらい寝てしまい、私がぐうぐう寝ているあいだにも私の体の疲れをなんとかしようと奮闘してくれる関さんに、言葉にできないほどあたたかい気持ちを抱いて帰ってきた。

9月27日

かつまたくんと舞ちゃんとお昼。

こんないい人たちがいるのかというくらいいい人たちなので、ほっとする。せちがらい世の中、いちばん大切なものは、よいご両親に育てられた善男善女である。

夜、藤本さんのライブに晴豆へ。なぜかエジプトの服を着て歌い上げ、どうしてかベースでもドラムでもなく、ギターを演奏する彼……すごいなあ！　一子さんの演奏も、ちょっとだけ出た美潮さんも、すごくよかった。まゆみさんの歌がうまくなってるのも、わけがわからないすごさ。大人の音楽はいいなあ……。

まんぷくでおいしい肉を食べてさくさくと帰宅。まんぷく系列の店って、メニューのたてかたがほんとうに大好き。

9月28日

藤子・Fミュージアムに行く。ところどころかわいい工夫がしてあってすごくいい感じだった。

自分がどれだけ影響を受けているのか、よくわかった。

そして何回も涙を流してしまった。

一人の人の人生がこれだけ多くの人に影響するということは、その人が毎日毎日こつこつやり続けていたということなんだなあと思う。家族中心なところも、価値観が似ている。

日記には毎日のことをあまり書かないけれど、派手な会食とか外出はほとんどなくて、毎日おいしいごはんを作って、家族みんなで食べて、書く、ただそれだけのことが自分を支えてきたんだとよくわかっている。だからほんとうにはげみになった。あれほど大きなものを背負っていたのに、最後の最後まで藤子先生は藤子先生のままだった。

有名人とかＩＴ社長とかをイメージすると、なんとなくきれいな店で夜飲み食いしてるように思えるけど、ほんとうにそんなこと毎日やってる人は仕事にならないからダメになるものだ。ふだん家で仕事している人がたまに気晴らしでそういうことをするのにつきあうために、結局毎日人と飲み食いしている編集の人なんかほんとうにたいへんだと思う。えらいなあ……でも彼らがいないと、作家なんてほんとうに外に出ないからなあ。ありがたいことだと思う。

もうすぐお別れのヤマニシくんと、ただいっしょに過ごす幸せも味わった。

いちばん長いシッターさんとのお別れ、チビはどうやって乗り越えていくのだろう。でも悲しい別れじゃなくってよかった。

9月29日

フラへ。ちょっといい知らせもあり、気持ちが晴れる。
台風で飛んだメダカと水草を買って、やっとほっとした。メダカって生きているとほんとうに美しくて、いつまでも見ていられる。でも、死んでしまうとほんとうにただの死んだ魚だ。命ってなんだろうってほんとうに不思議に思う。形はいっしょなのに、あの美の全部が消えてしまう。

9月30日

寝ぼけながら太極拳《たいきょくけん》になんとかついていく。これだけおぼえないっていうのもどうかと思うくらいなのに、じゅんじゅん先生の教え方がうますぎるので、なんとなく形になっていくのがすごい。ほんとうにすごい先生だなあと思う。身のこなしも動き方もさりげないからこそすごい。
夜、お助けウーマンのまみちゃん親子と横浜へ。はじめは子どもたち遠巻きに様子をうかがいあうが、だんだん親しくなって、港の脇《わき》の不法なバーに行くころには手をつないでいた。

かわいいなあ……。

まみちゃんがずっと3号くんを抱っこしていて、面倒だともたいへんだとも言わないで、いつでも静かな余力を感じさせているすごさ。まみちゃんは明日はこうだからどうだとか、きっとこうなるからこうたいへんだとか、考えない人だ。そのシンプルなすごさを思う。

10,1－12,31

10月1日

久々にウィリアムのセッションを受けるが、いすからすべりおちるほど気持ちいい言いっぷり。

すごく胸が軽くなった。

今までなにやってたんだろう？　みたいな感じ。

できればいつかウィリアムに「その調子！」と言われてみたい。それまでお互い元気でいられるといいと思う。

夜は実家に行き、お父さんと久しぶりにいろいろ話す。ウィリアムのアドバイスも忠実に実行してみる。そうしたら久しぶりにお父さんが「大満足です」と言ったので、すごく嬉《うれ》しかった。こうなってくると、家族とも人生あと何回会えるのか、だれがどこでいなくなるのか、さっぱりわからない。だから一回ずつを大事にと思う。

10月2日

とにかく仕事がたてこみすぎているので、まとめて家事をやる。

子どもが小さいのは今だけ、家族のためにごはんを作れるのも今だけ、だから、今はそちらに専念したいと心から思う。思ったら実行するしかないので、実行している。

10月3日

ロルフィングを受けて、腰をなんとかもちなおす。

あっち側に行きかけていた腰に帰ってこいよ〜という感じ。

帰ってきてくれました！

今から数年間は、ぼうっとしてたらたいへんなことになる。見ないようにしていたことがいっきょにふきだすだろう。

その中で泳ぐしかない。だから、体はいくら整えておいてもそんはない、そう思う。

10月4日

検診に行き、久しぶりに育良へ。

浦野先生がいらしたので、せっかくだからと診てもらう。

浦野先生「なんだ、妊娠で来たんじゃないの」

関さん「だって私と同じ歳《とし》ですよ」

浦野先生「ええっ、けっこういってるんだね、もっと若いかと思ってた」

関さんと私「むかっ」

アットホームでいい病院だなと思う（？）。

あいかわらず内膜症だが、そんなこと言ってるうちに生理が終わるだろうとふんで、気楽にかまえよう……。

それからつきそいで病院に行ったりして、夜は斉藤くん夫妻とすし匠へ。

斉藤くんにごちそうしてもらうなんて、感無量。

そして、斉藤くんの奥さん、ほんとうにいい奥さんだなと今回も思う。静かで、地味で、確実で、心優しくて、家族をよく見ていて、ちっとも大げさじゃないのに余裕があって。

いい夫婦に育っていってる感じが幸せだった。

そして中澤さんのすごさに今回もうちの夫婦は感動。

どんな変な客にもわけへだてなく、時間制限があるのにあせりを感じさせず、いつも落ち着いていて、妥協もない。自信もあるけど、天狗《てんぐ》になってない。すし以外のことにまで心を遊ばせない。とにかくすごい。こんな職人さんでありたい。

10月5日

取材ではじめて会うサイキックの方とお話しする。

歳もほとんど同じで、時代背景も考え方も懐《なつ》かしく、同じような道を歩んできたんだな、お互いによくがんばってきましたね、と言いたくなった。

能力の高さとか鋭さとかが問題ではなく、それを抱えてどう生きてきたかがだいじなんだなとますます思った。

心明るくなり、彼の言っていたことを姉にちょっと言ってみたら「なぜわかる！」と驚いた後、姉が胸のつかえをだ〜っとしゃべりだしたので、すごい！　と思った。サイキックの能力は、作家の能力と同じで、人を幸せにするためにあるんだ、と再確認した。

10月6日

フラ。いい知らせも解禁となり、みなにこにこ。

人のことを自分のことみたいな笑顔で喜べる、それが仲間のよさだなあと思う。細かく見れば見るほどあらが見えて絶望、失望するのかもしれないが、大きくとらえたら人間ってやっぱり捨てたものではないと思う。みんなのにこにこしている顔はそう思わせるくらいにきれいだった。

できたばかりのニュージーランド料理の店に寄って、まみちゃんのお誕生日を祝う。今年も絶好調でみんなを笑わせてほしい。

もしも春樹先生がノーベル賞をとったら、きっと電話がかかってきてコメントを求められるけどどうしよう、と言っていたら、おみちゃんが、

「『いちばん尊敬できるところは、とにかく毎朝走り続けているところです』っていうのはどう？」

と言ってくれたが、それが新聞に載ったら、なんか、まずいと思う〜。

10月7日

じゅんちゃんと、行ったことのない目黒のイタリアンに行ってみるが、おいしくかつていねいで、ほんとうに日本ってすごい、こんなのがあるなんてと思うくらいに、イタリアにそっくりだった。どんなにきれいに盛りつけても、イタリアンってフレンチと違う。その感じがもう懐かしいほど。

そしてフレンチはアラカルトでもいいけど、特に南のほうのイタリアンってコースがいちばんだなともいつも思う。素材中心だから。

私が小さい頃はスパゲッティってナポリタンかミートソースという時代で、その後

も最高にイタリアなのはキャンティかシシリアかアントニオだっていう時代が長かった気がするので、やっぱりこの進化はすごい！

10月8日

大きな仕事をふたつ終えて、今年は次の準備と実家含めて家族の世話に入る。まずは掃除！

パパがいないのでなんとなくてきとうになり、晩ご飯はチキンラーメンとおぼろ豆腐コーン入りという迷走ぶり。しかも気づいたらチビとぼうっとTVを観ていて、時計は一時。さらには今更「ジョジョの奇妙な冒険」を舞ちゃんから借りて読み進んでしまい、なんだかいっぱい血を見すぎて体が痛い。まじめなパパがいてほんとうによかった。チビとふたりだったら、今頃どんなだめな暮らしをしているか！

それとは逆で、最近ほんとうに思うのは「こうでさえなければ、～なのに」というのがからくりだということだ。実際歩けなくなったり、病気になったりするとよくわかる。時間さえあれば～なのに、とか寝不足でさえなければ～なのに、とかもありそうで実はない。そのときにできることは、そのときにできるし、できないことはどの条件でもできない。こうであればこうなのに、というのは結局頭の中だけのことだ。

これ、何回書いても書きたりないくらい、すごいからくりで、わかったときにはびっくりして口をあいたほど。

10月9日

関さんをさそってグレッグの秋祭りに顔を出し、みんなでお茶したり和んだりした。関さんが子どもに話しかけるタイミングそしてはずしかたは絶妙で、ほんとうに勉強になる。あのおそろしいチビさえも、少し静かになるのがすごい。

夜はマルコムに会いに行く。変わらない笑顔、質の高い仕事、すばらしい人だ。彼の作品こそが私にとってのジュエリーだというところにたどりついて幸せだ。

小林さんに久しぶりに会えて、彼氏も紹介してもらって、ちょっと泣いちゃうほど幸せな気持ちとともに、ああ、もう彼女はここで働いてないんだと思って、不思議な淋《さび》しさも感じる。フロアに行けば彼女がいた、あの幸せな日々をありがとう、と思う。

10月10日

池袋で維新派。

景色と一体となっていてよい感じだったし、かなり余力があるのがわかった。

言葉を聞いているだけで、体の動きを見ているだけで、どうして景色が浮かんでくるのか、不思議だ。

10月11日

ふまれたい会。

私は今日はあきこさんのタイマッサージを受ける。マッサージがどうというよりも、あきこさんの雰囲気を見るだけで心が落ち着く感じの人だ。

みんなでごはんを食べて、平和な一日。

どんなに心乱されるできごとがあっても、この雰囲気はこわせない。たとえ家族が減っても愛は動かせない。人が人を思う心、そこにしか奇跡がおきる余地はない。成功のためにするいろんなノウハウは魔術にすぎない。もしそこに愛がなければ、叶《かな》ったぶんきっちり失うだけだ。

10月12日

英会話。

マギさんは人をわくわくさせる力があるから、勉強もわくわくしてるうちにいつのまにか終わってしまう。それがいいなあ、と思う。

コーちゃんを河井先生のところに連れて行ってフィラリアの薬をもらう。大きなシエパードのネイティブちゃんが遊んで〜とからんできても、コーちゃんは全くおくさない。向かっていくし、じゃれつくし、おそれを知らないってすごいなあと思う。しかもあんなチビをがぶりとやらないネイティブもすごい。

動物ってすごいところがあり、やはり人間よりも好きかもしれない。

10月13日

りかちゃんと学大取材デート。おすすめのスンドゥブのお店に行く。ふつうのスンドゥブよりもちょっと麻婆豆腐《マーボーどうふ》のようで、おいしいし清潔で感じがいい。

おしゃべりしたり、マッターホーンでチョコを買ったりした。りかちゃんは一言でずばっとものごとの本質を言うんだけど、最後までつめちゃう私と違ってあらゆる形で優しい抜け道を相手にも自分にもちゃんと残している。そこがすごいなあ、といつもほれぼれする。

そしてこれが職種の違いなんだな、と感心する。それぞれのプロだということだろう。

10月14日

日記やエッセイの人格って、自分のようで自分ではない。だいたいこんなにきっぱりしてないし、私。

そこってとてもむつかしい線引きだと思うけど、依頼があってのお仕事なのでちゃんとやっていこうとは思う。

チビの歯医者につきそっていったら「ママも検診しましょう」と突然誘われ、あわててうがいをしたりしてドキドキしながらみてもらったら、虫歯なし。なんと「じゃあパパもついでに」なんてヒロチンコさんまでみてもらって、虫歯なし。そしてチビも虫歯なし。

なんてすごい！　すごいことだ！

先生の「歯は、一生を闘っていくためのいちばんだいじな武器なんだから、だいじにしよう」というのにも感動した。

あまりの感動に資生堂パーラーに行って、高い洋食セットを食べて乾杯しちゃった。

10月15日

ゆいこに会いにいく。元気そうでよかったし、いっしょにビールなんか飲んでよい時間を過ごした。

「なんかさあ、名前はあって、依頼も感じよくって、大きな組織の看板もあって、いかにもよさげなんだけど実はまほちゃんに関係がなくって、一見バリューがつきそうだけど後々すごく面倒くさい仕事がありそうだけど、断った方がいいよ、それ」

って、それはどう考えても国連でしょう。

国連って言ってもらったほうが早いくらいに国連でしょう。

もうほんと、ひどい目にあった、国連なんてもう一生信じない。

夜は健ちゃんが寄ったので、がむしゃらに家にあるものを炒《いた》めたり煮て食べさせてみた。編集の人でなくなると会うにも気が楽だなあ！

お父さんを見ていると、元編集の人や今も編集の人でほんの数人、最後までだまって静かにつきあってくれている人がいる。とても静かに、会いにきてくれる。おじいさんだから汚いかもしれないし、ぼけているから急に怒るかもしれない。でも笑顔もあるし、知性もある。お父さんはお父さんだ。

そしてそうでない人ももちろん多い。最盛期にはくっついていて、ぼけちゃったりたいへんになったら離れたり（そりゃあたりまえだから全然責めないけど）する人。だれも医療費をカンパしてくれたり、退職金をくれたりしない（もちろんあたりまえだから、悪く思ったりしてない。ただ、感激したのは、糸井さんは配慮してくれたこと。糸井さんはすごくお金があるイメージがあるけど、個人の会社であり大企業じゃないんだから比べてはいけないくらいの額の動きだと思うのに、ありがたかった）。人生を評論に全《すべ》てかけ、あんなにまじめに仕事をしてきたからって、なにひとつ保証されるっていうことはないお仕事なんだなあ。

いや、昭和の日本だったら、ちょっとありえたかもしれないなあ。温情みたいなもの。

私は、ずっと先、糸井さんのおじょうさんになにかあったら、全力で助けると思う。そういうことでしかお礼ができないから。

不況になったからだれも先を予測できないときこそ、地味に損に生きたい。なんだか自分の人生に関してもすごくすごく勉強になった。

10月16日

陽子さんのお見舞いに行って、姉とかつを食べて、意味なくボートに乗りに行って、さらに動物園に行ってパンダを見たりしてしまった。

上野あたりって景色がぐんと自分にせまってくる気がして好き。

秋晴れで暑いくらい。

中年になって体がだるいと、いろんなことがそのときは楽しく感じられないけど、次の日とかに思いかえすとすごく楽しい。だからだるいからって動かないのはつまんないなと思って、パンダを見たりするのがいいみたい。

10月17日

ソウルへ。

今回はとにかくサムチョンドンばかり。

いきなりクンキワチッにかけこんでカンジャンケジャンを食べたけど、信じられないくらいおいしい。他のものもすごくおいしいお店。これまでの韓国人生でいちばんおいしい。

寒い寒い学生街のカフェでお茶して、サウナへ。

サウナ、あまりにも地元すぎていたたまれなかったけど、臭いガウンをきてよもぎ蒸しをしたりして、案外楽しかった。舞ちゃんってほんとうに旅慣れていて賢くてすごい。

夜中の南大門市場で麵《めん》まで食べてしまったよ……。

10月18日

おじさんたちがみんな優しくてエロくなくて、なんかいいなあ、ソウル。

みんながたいがよくって、地味なのにキラキラしてて、男の子もいいなあ。

お肌がつるつるで女の子もかわいいなあ。

デパ地下でいろいろ食い散らかして、エステに行く。男子たちもいっしょに行く。

激しくもまれたりおされたりパックされたりしたけど、清潔で感じがよかった。

今日はサムチョンドンをうろついただけではなく、民音社のみなさんと景色のよいごはんもおいしいサムチョンガクでごはんを食べたり、取材を受けたり。久しぶりのみなさんと笑顔で話していたら、ほんとうにこの人たちと仕事をしていて幸せだなあ……と思った。民音社の人たち、大好きだ。

駐車場から車を出すときぶつけそうになって「ケンチャナヨ～」と言ってたけど、違うと思う……。

みなさんに送ってもらっておしゃれなカロスキルを散策して、活気に触れて幸せになりつつ、すてきなカフェに寄って帰る。カフェのオーナーさんもまじめで、自分でコーヒーをきっちりといれていた。フォーエバー21のわきを入ってすぐの二階のカフェ。KARAのPVで使った桜を買い取ったそうで、下から桜が見えるよ。

10月19日

モッシドンナに行こうとして間違ってへんなトッポギやに入るけど、なんだか地元の感じでそれはそれでよかった。

景福宮をゆっくり歩く。タッキーが妙に似合う場所だった……。

昔の遊びというコーナーでおじさんたちが本気でベーゴマとかやっていて、胸キュンだった。

がんばって冷麺だとかアワビ麺だとかを食べて、空港へ。

あっという間だったけど、楽しかった。家族がそろってるのも、旅慣れた舞ちゃんがいるのも、韓国が似合うタッキーがいるのも、なんだかよかった。

日本人が今、これほどまでに韓国を好きなのは異国情緒とスタイルのよい男女のおかげもあるけど、やっぱりよき時代への懐《なつ》かしさもあるんだろうなあと思う。

10月20日

なんとか子宮がん検診もクリアしてほっ。

家族がみんな病気だと、自分が倒れるわけにはいかん。この気合い、大切。

「内膜症が悪化するスピードより先に生理が終われば大丈夫でしょ～」というなんとも言えない診断もくだる……なんだかなあ！

夜はフラ。

なんだか冴《さ》えなくてもやもやしていたり、夢見が悪い今月だが、踊ったらすっきりして元気になった。すばらしい！　みんなで麺を食べて帰る。

和田さんがじゅんこの会社の話を聞いて、

「OLってすごいよね～、授業がないんでしょ？　ずっと職員室にいるってことでしょ？」

と特殊発言をしていた。そうだ、彼女は学校の先生であったのだ。むしろそっちをわかる人が少ないと思うのよ……。

10月21日

「ジュージュー」の打ち上げでオー・ペシェ・グルマンへ。

みちこさんの味、変わらぬおいしさ。お店はいつも活気があり、彼女はひとりひたすらにすばらしい料理を作り続ける。すばらしいなあ。

朝倉さんは静かなんだけど、いつも朝倉さんの絵の中の人に似ている。そしてチビは朝倉さんが大好きで、いつもくっついていく。チビがいっしょにゲームを作ろうと言いだして朝倉さんが興味を示しタッチペンを持ったら、ぴしっと漫画家の顔になったので、おお！　と思った。描く構えって、武士が刀を持ったときと変わらない。

森くんや丹羽さんや大久保さんにも会えて、みんなにこにこしていて、おいしいという言葉が何回も出て、幸せな打ち上げだった。軽井沢から続いたひとつの流れが終わったけれど、幸せな終わり方だった。サラミちゃんありがとう。

10月22日

毎日毎日ジョジョを読んでいるので、なにもかもがスタンドに見えて落ち着かないったらありゃしない。いったん三部を読んで燃え尽きて途切れて、いつかまとめ読みしてみせる！　と思ってるうちに老眼になり文庫が買えなかったというだめな読者で、舞ちゃんに借りてやっと今戻ってきたとんでもない遅いジョジョ入りなんだけど、今しかなかったんだと思う。今の毎日はジョリーンと変わらないくらい大変だから。うちにイギーもいるし（笑）。

荒木先生は、ほんとうに天才だしすばらしい人だなあ。どんな状況でも人間は人間であるべきだし、美しいものだし、すごい可能性を秘めているのだというテーマはいろんな人の人生を支えていると思うの。

「魔少年ビーティー」を読んで長い長い手紙を書いた高校一年の私に、絵入りのすばらしいお返事をくださった優しい心を一生忘れない。子どもだからただ嬉《うれ》しくてあまりにもいつも持って歩いていたので盗まれたかなくしたかしてしまったのが最高に悔やまれるけど、荒木先生の優しい心のこもった絵はいつでもまぶたの裏にある。

10月23日

昨夜は宮崎のことをいろいろ教えてもらったお礼にふゆかさんを招待して、下北の宮崎料理の店へ。ここってチェーン店なんだけど、他の店舗よりもお料理がうまい人が作ってる。

みんなで宮崎名物を食べて、がんがん飲んだ。

神秘のヴェールに包まれたふゆかさんの人生は、人にくっつかず、反射的にひとりになれる力から来てるのね……と宮崎のすごさにあらためて感心。ディスカバリージャパンな今日この頃です。

帰れなくなったのんちゃんが泊まっていき、コーちゃん大騒ぎ。床をころげまわってさわいでいたし、のんちゃんが泊まってることを何回も忘れて毎回新たな心ではしゃいでいた。もしかしたら、おばかさん……？

お昼ご飯はまるで軽井沢にいるようなトロパンへ。おいしいし、親切だし、幸せ……ちょっとだけバイトに入ったヤマニシくんあとから合流。淋《さび》しくて淋しくていっしょにいるのもつらいくらい。帰ったあとも泣けて泣けて眠れない。でも、笑顔で見送らなくちゃ。

10月24日

たくじとジョルジョがちょっとだけ寄ってくれる。

たった二時間なのに、まるで旅みたいな気持ちになる。どこにいても旅をしてるみたいな人たちだし、つきあいが長いっていいなあと思う。特になにをしゃべるでもなくても、ほっとする。

書店に行ったら、蝶《ちょう》ネクタイに葉巻にめがねのおじさんがものすごい大声で店員さんにクレームをつけていて、ヒロチンコさんがけっこう大きな声で「コントみたい」と言ったのでドキドキした。

10月25日

庭にふたりのかっこいい庭師さんがやってきて、ばりばりと枝を切ってくれる。なんてすがすがしいのだろう。しかも、この人たちがいたら空き巣や物売りなども絶対に来ないので安心して犬の散歩など出かけたりして、久々の安心感。子どものときはいつも近所にこういう感じでだれか頼もしい人がいたなあと思う。夏のあいだがんがん伸びた枝もかなりさっぱりしてほっとした。

10月26日

朝から泣けて泣けてしかたない。

八年間くりかえしてきたいつもの日なのに、もうこれで最後。

ヤマニシくんいままでありがとう、と思う。

ヤマニシくんは新生活に旅立つ方だからたぶんそんなに悲しくなくて、残された方だけが悲しい。

ここぺりに行って、美奈子さんにはげまされてほぐされて帰ってくる。

チビがいつものようにヤマニシくんと遊んでいても泣けてくる。下を向くと涙。

自分だけこんなに悲しんでいて、ばかみたい。

うまく言えないし、ヤマニシくん個人には問題は一個もないけど、いろんな意味で、
もうこんなことくりかえさないようにしようと心に決める。

私には、自分だけがたくさんありがとうと思ったり、悲しんだりする、ひとりずもうの関係が多すぎる。

もっと自分の中に力をためていきたい。

10月27日

ロルフィングを受けてまっすぐに立てるようになったら、心も軽くなった。

さらにヤマニシくんが近所でゆきちゃんとごはんを食べていたので、家族で合流して楽しい雰囲気に包まれ、昨日よりももっと明るい気持ちでお別れすることができた。

ほんと、別れには慣れない。全員が死ぬまでそのへんにいるという環境に生まれ育ったからっていうのもあると思う。大人には死別以外に別れがないって思っていた。

またリハビリに入らなくちゃ。

去年から今年は別れが多すぎる！　旅人並みの別れ率だ。

10月28日

太極拳《たいきょくけん》。体をばりばり動かしたらすごくすっきりした。

たっぷりと昼寝してから、林さんの会に行く。

井沢くんにごちそうになり、貴舟さんへ。とにかくていねいで、奇をてらわず、ひとつひとつが静かにおいしいお店で、こんなことってあるんだなあと思った。板前さんの心が伝わってくるようだった。

KIKIに寄って、一杯飲んで帰る。長年銀座でお店をやってきただけのことはあって、ママはすごいな〜と思う。自分を一段低くして、確実に見てるっていうあの技。井沢くんに「避難とか考えてる？」と顔を見て一発目に聞いたら、きらきらの笑顔で「あ〜、そういうことをまじめに言う人っているよね」と言ったので、胸がすく思い。しかも井沢くんならではのこの胸のすく思い、懐かしい！

10月29日

韓国でモッシドンナに行きそびれた悔しさのあまりいろいろ検索していたら、モッシドンナのレシピを見つけたので、材料を全部買ってきてものすごい分量のトッポギを作って食べまくる。すごくすっきりした。

全体的に胸が苦しくなるような悲しい日々なんだけど、だからこそ小さい幸せが超幸せ。

10月30日

ヒロチンコさんのパパと那須のお宿へ。

露天風呂《ぶろ》に行ったらおばちゃんたちがビールを飲んでいて、目の前が渓谷で、紅葉もちょっとはじまっていて、私もビールを注文したら「やっぱりうらやましくなったんでしょ！」なんて言い合ってみなでにこにこしてちょっとしゃべったりした。みんないい感じで微笑《ほほえ》んでいて、天国のようだった。

ごはんも素朴でおいしいし、子ども用のごはんも珍しく冷凍食品でないし、お湯もいいし、高くないし、久々に温泉で充電した。場所のよさが人のよさも育てているような、なんともいえないいい雰囲気だった。ふつうに心がこもっているっていうか。

この宿けっこういつも満室で、なんでだろう？　と思っていたけれど、理由がよくわかった。

10月31日

今しかないのでロープウェイで山の上に上がったら、ものすごく寒くて、寒い分空気がよくてとても景色がきれいだった。ヒロチンコさんのパパはかっこいいことに裸足《はだし》であった。

そのあとお昼を食べにあの有名店軍鶏《しゃも》ラーメン美幸に行って、黒磯までお茶しにいったら、なぜか奈良くんの奥さんにばったり！　元気そうで嬉しかった。最近那須に行くと一泊でぎりぎりまでヒロチンコさんのパパと遊んでいるので、なかなか会えないのだ。

彼女とヒロチンコさんのパパとのクール&マイペース&強いもの同士のコンビネーションが最高であった。

11月1日

マイケルが事務所に寄ってくれたので、軽く打ち合わせ。

日本人以上に日本人らしい彼だ。

ここ数年の様々なトラブルが一挙に解決しそうないい予感がする。

しかし、友達から信じられないような悲しい知らせが突然にやってきて、びっくり。そんなにあっさりと人と人が離れるなんて！　いくらなんでも斬新《ざんしん》すぎる！　あまりにもびっくりして右往左往してしまった。

11月2日

ちほちゃんと真剣に電話していて「ちほちゃんはこの夏おじいちゃんが亡《な》くなったんだから……いけねえ、足しちゃった。お父さんとおばあちゃんが亡くなったんだから」と言ったら、それが異様にウケて、しばらくふたりとも時差を超えてげらげら笑っていた。友達って、すばらしい……。

レイオフさんと美香さんがいらしているので、ハラウに寄る。美香さんとクウイプカに行ったことが懐《なつ》かしい。まだゼリ子がいたあの頃。ミコとちほとじゅんことしょにめぐったマウイよ。時は戻らない。

チビが激しく面白いことをしまくってくれるので、緊張する。そっと入ってきたおみちゃんの前で激しい求愛のダンスを踊ったりとか。

クムはいつでもすてきだし、となりでまみちゃんが面白おかしいコメントをたくさんしてくれるし、とてもいい会だった。あんな、寂聴さんみたいな人が身近にいたら人生が軽くなりそうだ。

いちばん苦しいとき、わかっている人がちょっと話を聞いてくれるだけでいいものなんですよね。

それからフラをやってるだけでみんな美人になっていくなあ、と久々に会った人などを見て感動する。もともとかわいい人でもそれが外に開かれるから、別人のような美人度になるのであった。

11月3日

今日は今日とてフラ。

とにかく集中するから、気持ちも晴れる。クリ先生の後ろで踊っていたら、いつもよりもずっと少女っぽい踊りで、心境の変化をいろいろ感じ取って幸せな気持ち。

夜道を一人歩いて帰っていくクリ先生を見ると、あまりにもぽつんとしていていつも感動してしまう。あんなにみんなを踊りで感動させ、教え、がんばり、そしてひとりすたすたと帰っていく。なんてかっこいいことなんだろう。

帰りはじゅんことみなちゃんとビストロでしっかり飲み食いして、女子らしいひとときを過ごした。

11月4日

久しぶりにランちゃんとごはん。

前にごはんを食べてた頃は、私の子どもが一歳だったから、常に子連れか数時間の自由しかなく、全然しゃべったりできなかったから嬉しい。ランちゃんがしゃべりはじめるとそのかわいい声にどんどん吸い込まれていく、あの不思議なマジックを久々に味わった。男だったらひとたまりもないと思う〜……。

チェルノブイリのランちゃんが行った村はもうあれから三十年たって、残ったお年寄りがずっと畑を耕して、セシウムも半減のまた半減して、今や世界でも珍しいクリーンな場所になっているという話を聞く。そういうことを常に考えたり書いたりしているランちゃんのすばらしさを心からたたえたいと思う。

途中いっさくさんが出たり入ったりして、すごく大人の会であった。

11月6日

高千穂へ。

宮崎は雨。前回お願いした松葉さんに迎えにきてもらい、雨の中ひたすらに高千穂へ向かう。とちゅうではまぐり碁石なども見ながら……。

お昼にいっしょにちゃんぽんを食べたら、「このちゃんぽんはだめです、まずい！」とかなり大きな声で言った後で松葉さんが「ごちそうになっておいてまずいというのは失礼です、しかし、これはまずい！　味が落ちました！」と言ったのがかわいくてかなりウケた。

宿は小さくてきれいで感じがよい民宿みたいなところ。

ヒロチンコさんと夜神楽《よかぐら》を見に行ってうたたねしたり笑ったりして、ご機嫌で宿に帰ってきたけどなんだかやることもないので、ふらふらと真っ暗な夜の町に出た。あいてる居酒屋さんがあったので、一杯飲んで散歩した。チビも私もこの旅の夜の一杯タイムがかなり好きなのんべえ気質。パパだけはそうでもないので、ちょっとかわいそう。

夜、耳元で知らないおじさんのいびきが聞こえるので「すわ、霊か？」と思ったらただ壁が薄いだけだった。

11月7日

お天気最高。

高千穂峡で家族を乗せて男らしくボートをこぎまくる。ボートを漕いでいるとき、いちばん幸せ……。

それから高千穂神社や高天原《たかまがはら》など見まくる。

結論を言うと、私は、天岩戸神社はあんまり合わなかった。人によると思うけど。さらにあの河原で神が会合をしたことをとても信じる気持ちになれない……。そういうのってなんなんだろう。昔はよかったけど場がゆがんだのか、私が単に不浄の女なのか。不思議だ。

阿蘇経由で熊本に行き、ほぼ親戚《しんせき》のような人々の実家であるところの老舗園田屋に寄り、朝鮮飴《あめ》を買いまくる。私は柿球肥《ぎゅうひ》が好き。

十年ぶりくらいの人にも会えて、久しぶりににこにこ話ができて、チビも見せることができたし、すごく嬉しかった。あんなすばらしい人たちと過ごした時期があって、道は当然生き方の違いで別れてしまったけど、そこにいたみんなが大好きで、たまに会えば笑顔で、全然悔いがない人生だなって思う。

11月8日

税理士さんと打ち合わせるもあまりらちがあかない。

多分、こちらの考えが特殊なのだろう。しかし、ここは曲げてはいけないと思い、貫き通す。だめなら自然に終わるだろうし。

早川くんとほしさんとランチ。

何回も「あれ？　この人知ってるなあ、すごくよく知ってる。なんだろう？　この出会い」と思って首をかしげた。

すごく楽しくて、気が合って、昔から知ってたみたいな三人組。いつかみんなで旅行とか行ってへんなものを見たりしたい！

11月10日

若くしてデビューすると、いろんな目上の人がいろんなことを言う。靴下をはけ、いや、はくな、ジャケットを着ろ、着るな。玄米を食べれ、食うな、お化粧をしろ、するな、目上の人は大切に、いや気にするな、などなど。そろそろ立派な居をかまえろ、いや、賃貸がベストだ、安全のために旅は五つ星ホテルに、いや、安宿が最高だ、もうきりがない。

だいたいひとつ意見があれば当然ま反対の意見がある。みんな悪気なく言うから、ほんと、きりない。

自分がどうしたいか、それだけが大事だが、最初はわからないから行ってみてその場でなんとなくしのいだりするしかない。それを重ねるとだんだん「こりゃできんわ」ということがわかってくる。「絶対できません！」でもなく「いやだけどいやいややればできます」でもない、ちょうどいいかげんの「こりゃできんわ〜」がわかってきたら、それを尊重してあげるのがいいと思う。たとえ人とぶつかっても。

「オペラやクラシックを聴いてそのあとおいしいものを高いレストランに食べに行く」とか「汚物をまき散らす激しいライブを最前列で！」とか「経験してみるのはいいけど、興味は持てそうにないな〜」みたいなことを、なんとか断ったりドタキャンしたり、いろんなことがあった……しかしだいたい私の気持ちは「はやく家に帰って文章が書きたいな」に落ち着くのだった。でなきゃこんな地味な仕事できません……。

フラに行き、いっしょうけんめい踊る（としかいいようがない）。

みんな、十年後にはいっしょにいないよね、きっと。でも今は毎週会える。踊りを見たらその人のいちばんいいところがわかる。踊るってほんとうにすてき。手を振りながら別れるときのみんなの笑顔がいちばんきれい。なにも共有できなくていい、人生観や人生が全然違っていい、ただこのときだけ、いっしょに踊れれば。

11月11日

めっちゃすごい風邪ひいた。チビにうつされたのだ……！　なのに行き違いで昼は一人ご飯だし、店の人にいじめられるし、さんざん。すねて寝てから、夜はライブに行く。メトロファルス見るのは久しぶり。トモロヲさんと森若さんのバンドもすごくよかったんだけど、メトロはすばらしかった。よっちゃんの声ってなんであんなにすばらしいんだろう！　前にぐいぐい出ていっていっしょに歌って踊って大騒ぎしちゃった。しかも「Dom Perignon, Noel, Santa Maria」ではしみすぎて、おいおい泣いてチビと抱き合ったり。なんて悲しい、なんて名曲なんだろう！　そしてよっちゃんの作詞の曲はやっぱり世界一の美人と私が思うあさよさんが浮かぶな……あんなミューズに出会うなんてよっちゃんはやはりすごい。

あさよさんのすごさは、何年会ってなくてもたまにふっとあの顔が浮かんできて、そうするとものすごくきれいなものを見たときの気持ちに何回もなれることだ。心がきれいなんだと思う。いそうでいないタイプのあねご型美人だ。

久々の人たちにも会えて嬉《うれ》しい。

ここで冷静になって思うに、メトロファルスは演劇的なライブが多い分、遊びの曲が多すぎるんだと思う。だれもがいいと感じる名曲はひとつのアルバムに二曲くらい、必ずある。それらが全《すべ》て信じられないくらいクオリティの高いものだし、歌は文句なしなのだから、毎回名曲にしぼりこんできっちり組み、短めにライブをやってくれれば、永遠にファンは増え続けると思う。でも彼らは即興的な新曲をやるスリルなどが好きだったり、当時は新譜の宣伝ライブをしなくてはいけない規制などがあって、条件がマイナスのほうにそろってしまったのかもしれない。それにしてもあまりにもいいバンドすぎるから、続けてほしい。ガンちゃんと住んでいた頃、ガンちゃんが決してバンドメンバーの悪口を言わない様子に毎回胸うたれた。今はうちのチビとガンちゃんのうちのチビ（もう大きいけど）が並んでライブ見ていて、いいなあ、と思う。チビに「ママは元カレが多すぎる、みんないい人だけど」ともっともなことを言われた（笑）。

11月12日

まだまだ風邪。

でも元気に逗子へ。

ちょっと用事をして、ただだらっと海を見たりスーパーに行ったりする。そういうのがだいじなんだよねえ、そこにいるだけでいい。のんびりしてる時間が海辺には流れてる。自然のほうが力が強いから。

帰りは恵比寿で阿夫利のゆず塩ラーメンとOUCAのアイスの我が家定番フルコース。

11月13日

風邪最高調。なにをやってるかわからないくらい。

でも！ motherが四十周年だっていうから、行かずにはいられず、またもよっちゃんの歌を聴いてしまった。どんだけファンなんだ……！ あの人の歌はうちのクムと並んで国宝だと思う。

ちいさん、おめでとうございます。ほんとうにすばらしい、誰もに愛される下北沢のママよ。

11月14日

まだ治らん！

治らないながらに取材をさくさくこなして、夜は韓国メンバーでの韓国打ち上げ。韓国料理を食べに行く。しかし、その店の全てが甘い！　甘い！　砂糖漬けくらいに甘い！　白砂糖がどれにもたっぷり入っている。

思わず高麗参鶏湯《サムゲタン》とはしごしてしまった。

あまりの甘さに「この店のシェフはぜったいに白い顔色が悪いぶよぶよした人だ！」と予言した手前、自分で厨房《ちゅうぼう》をのぞいてみたら、ほんとうにそうだった。

11月15日

「黄金の風」まで読み終えたら、力が抜けた……にしてもイタリアに行きまくっていた私にはあまりにも全てがわかりすぎて嬉しかった。コロッセオってほんとうにああいうことが起きそうだし、コスタエズメラルダは一時のロマンスでいっぱいだし、ナポリじゃマフィアはほんとうにかっこいい若い衆がお嬢様を守ってるし！

これからの人生はジョジョとともに生きていこう……！　もうほんとうに大好きすぎて、いやなところが一個もない！

ほしさんが遊びにきてくれたので、インテリアとか風水とか腰痛とかいろんなことをしゃべる。もうほんとうにこの人知ってる感満載でふしぎ～な気持ち。とても知り合ったばかりとは思えない。ありがたいくらい正確な意見もいっぱい言ってくれて、楽しい気持ちになってきた。

しかしうちの子犬コーちゃんは、ほしさんを好きすぎて気持ちがあふれ、襲ったりじゃれついて甘嚙《あまが》みしたりしていた。

「股《また》を嚙むなよ～」

と言われて、はいっ！　とやめたところも組み合わせ的に最高におかしかった。

11月16日

平尾さんとお好み焼き合コン。

とにかく笑ってばかりで楽しい夜だった。

風邪だけど気にならないくらい。平尾さんみたいな上司だったら、会社に行きたいってみんな思うだろうし、平尾さんみたいな上司がいたら、甘えてごねたりもしたくなるかな。

チビが「しゃちょう～、ねえ、ゆっくりとふたりでワインでも飲みましょう」ってすりよっていったのがおかしかった。どこで覚えたんだ、そんな技や言葉を。ママは持ってないぞ。社長にそんなことができたら、今頃ママはもっと金持ちだと思う。

11月17日

ちょっとした親戚みたいな人たちの集まり。白山にできた新しい焼肉屋さんで。土肥の海のメンツにきわめて似ていて、ちょっと切なくなる。このみんなで泳ぐことはもうないのだろう。すごく不思議。

でも、悔いなく楽しんだから、今は今でいいと思える。

そしていつか終わるからこそ、あの、焼きそば居酒屋からの帰り道、自販機でジュースを買って部屋に帰り、お風呂《ふろ》に行くだけの時間が星空の下、あんなにもキラキラしていたんだなと思う。

朝起きて、ごはん食べて、コーヒー飲んで、自然の中でいっぱい運動して、夕方帰ってきてお風呂に入って、仕事したりして、夜ご飯のあとは一杯飲んで、お風呂に入ってよく寝る。

だいたいこれ、人生の基本、健康の秘訣《ひけつ》だと思う。

11月18日

スペインからとしちゃんが夜遅くにやってきたので、チビもつきあわせて夜中のもつ鍋《なべ》を楽しむ。としちゃんが帰ってから、チビが忘れ物に気づいて、パパに先に帰ってもらい、半泣きでお店に行ったら、ちゃんととっておいてくれた。優しいお兄さんたち。下北のじとっこはチェーン店だけどほんとに料理うまい。料理人のお兄さんがいい顔してる。

ふたりでほっとして歩いていたら、タイ料理屋のおねえさんからボジョレーの誘いが！

思わず飲み比べなどしていたら、時間は深夜になり、チビはますます元気になってきて、ママが「ちっせえこと言うな！　買ってやる買ってやる、マリオカートだろうがサンシャインだろうが！　買ってほしいからって親相手にちっせえ駆け引きなんてするんじゃねえ！　ほんとうに好きなことだったらまっすぐ頼んでこい！」などと気が大きくなって言ってるのを全部静かにメモっていた。

ちなみに育児の参考書「うちの子、なんでできないの？」によると、日によって親の気分で言うことを変えるのはよくないようだ！　ってことは！

11月19日

ものすごい天気の中、はっちゃんのすばらしい運転でお医者さんであるほしさんといっしょに実家に行く。

いろいろなことが大きく動いて、あれよあれよといろいろなことが決まっていったのを自然な気持ちで見ていた。

ほんとうにこの人、知らなかった人なのかな？　なんでこんなに懐《なつ》かしいんだろ、そう思ってばかりいた。

思えば去年の年末あたり、本田さんとの忘年会があったり、松永さんとこに寄って早川くんと仲良くなったり、短い時期に急にいろんな縁ができた。それがこんなふうになっているなんてだれにもわからなかった。まさにジョブズの言う点と点がつながったのだと思う。点と点をつなげようとしていたらつながらない。ただ生きることでしかわからないのだ。

11月20日
健ちゃんに部屋を貸すので、鍵《かぎ》など渡しに江古田に行き、久々のプアハウスへ。激辛カレーも粗食もそしてパスタもおいしくてたまらない。懐かしいし、色あせないおいしさだ。特にパスタはこれが私の原点だと思う味。
チーズ使いがうまいんだよね……。

あと、ここのコーヒーも懐かしい味。ある種の喫茶店でしかでない味なのだ。江古田を夕方歩いていたら、なんだかとりかえしがつかないような気持ちになったり、なんで昔はあんなことがたいへんだったんだろう、と思ったり、あるいは今も私は変わらないなあと思ったり、なんともいえない気分だった。

あと、食いしん坊は治らないから、デブでもいい、運動しようとあらためて思った(？)。

11月21日

ものすごくびっくりすることがあり、突然に車で京都を目指した。

それも、なんでしたら行きましょうか？　とはっちゃんが言いだしたから。

はっちゃん、すごいなあ……。

ついたのは夜中の十二時で、それから現地で懐かしい人と合流して、居酒屋で軽く飲んだ。チビが「旅先の夜遊びは最高だ」などと言っていて、とっても心配！

11月22日

今日はまゆみちゃんのアトリエに「ぶじに本が出せました」とお礼参りをして、もうしまってしまうドジハウスへ行った。三十年ぶりくらいに。いいお店なんだけどなあ……。

まゆみちゃんといるだけで、自由ってなんだったか思い出す。

すっかり忘れていた角度ではっと思い出すのだ。

みんなで洋梨《ようなし》ジュースを何杯も飲んで、別れを惜しむ。

それからくらま温泉に行き、一乗寺あたりをめぐってから、将軍塚で夜景を見た。

ライトアップされた知恩院も軽く眺めて、おばんざいのお店へ。

まゆみちゃんになんて感謝していいかわからない。急にたずねていったのに、笑顔で、なんのむりもしないで、いっしょにいてくれた。ありがとう。

夜、部屋割りの結果、チビをはっちゃんの部屋まで送っていったら、さすが長細いグランヴィア、遠い遠い。ホテルのネグリジェみたいなのにスリッパで行ったから、途中で人に会うと恥ずかしかった。チビと「今日はいっしょに寝られないね」「昨日が懐かしいね」「明日は会えるね」と切ない会話をして歩いた。そして帰りひとりでそのかっこうで早足でホテルの廊下をぐるぐる歩いていたら、「シャイニング」とか「フェノミナ」とかを思い出してすごくこわかった。

それでも私はグランヴィアが大好き。いっぱい思い出があるし、いつもフロントの人たちがすごく優しいし、部屋の感じも落ち着くから。

11月23日

もっともっとなつかしいひらがな館でランチをした。連れの人が「マスターがはげただけで変わってない！」とかなり大きな声で言ったが、やめて〜。

恵文社に寄り、ふたばでなにがなんでも豆餅《まめもち》を買おうとほしよりこさんのそばの本を持って読みながら並び、見事にゲットした。

なんであそこの餅ってあんなにうまいんだろ？　魔法だとしか思えない。

また七時間くらいかけて東京へ。

実家に寄って両親の様子など見て、やっと家に帰る。なんだかすてきな旅だった。

紅葉もたくさん見たし！　急だっただけに、夢だったみたい。急な旅っていいな！

11月24日

フラフラでフラへ。

私のいちばん苦手な道具を使う踊り……。

でも苦手っていうのはすごく楽しいことなんだよね、この歳《とし》になって見栄とかなくなってくると。

みんなでごはんを食べて、にこにこして帰る。休んでいたおみちゃんと踊れたのがすごく嬉しかった。

長年やっていると、ずっとトップダンサーでいられない(私はもともと違うけどさ)状況になる人はいる。体をいためたり、忙しくなったり、引っ越したり、休みたくなったり。そういう人たちが、二時間自分のベストをつくせるような、そしてお互いがその踊りを見るだけで小さな宝物をもらったような、そんな気持ちになれるクラスになるといいなあと思う。心を育てていくのもフラだと思うから。

11月25日

アイリーンちゃんが東京に来ているので、ランチ。

担々麺《たんたんめん》に目がない彼女と思い切り担々麺を食べに行く。いろんな話をするけど、アイリーンちゃんはいるだけで人に力をあげられる人だ。そのことの貴重さを彼女はわかっているのだろうか、と思うくらい心根が美しいお嬢さんだ。

お茶して別れるとき、胸がきゅっとなって、旅先みたいな感じがした。

夜は回転寿司《ずし》を食べてから実家に寄り、お父さんのお誕生日を小さく祝った。

11月26日

ヴィレッジヴァンガードでサインをしていたら、チビがイラストを入れてくれていたが、書籍担当の方の奥さんの似顔絵なども描いていて、それがどの人に行くのかなんとなく心配だ……！

今日も実家にちょっと寄る。

ぐうぜん大勢がいる形になって、ちょっとにぎやか。

十年くらい前はお年寄りがこわくてしかたなかったけど、どんどん慣れてきた。自分もお年寄りに近づいているっていうことでもあるね。

11月27日

パン焼き機で玄米もちを作って食べていたら、ものすごい貧血がおそってきた。やはり！　鉄をうばうのだな、こいつは。なにか対策をしないといけない。しかしうまい！　家族でもくもくと完食してしまった。宇宙一の食いしん坊である私は、倒れてももちを離しません！

宇宙一の食いしん坊である私は、前は自分がいないときのごはんなんて作らなかった。しかし今は家計を考え、食材をむだにしたくないので、るすにする夜でもごはんは作っていく。そして味見をして腹一杯になってしまうが、結局晩ご飯も食べる！

11月28日

幻冬舎のみなさんと、原さんと、春秋へ。

なんでこんなにおいしいんだろう、何回食べても。確かにお安いお店ではないが、年に一回、蟹《かに》のときだけならがんばれる価格で、こんなに二十年以上もぶれのない味とサーヴィスが待っていてくれるならすばらしい。

いっしょに京都に行った思い出を話し合いながら、みんなでごはんを食べた。

冬のはじめが好きな私の胸は毎日きゅんきゅんしている。

夏がいちばん好きなんだけれど、冬ってなんか目が覚める気がする。

11月29日

のんちゃんと新橋デート。久々に会うので、しんみり話をする。数時間でも会社の帰りだと開放感があって楽しい。

日本酒のお店に行ったのだが、とても混んでいてしかもみんないい顔で飲んでいる。

これ、最近オオゼキでも感じる。確かに不景気はひどい状態だが、一時期に比べて買い物をしている人や飲食をしている人たちの顔つきに活気がある。

逆に不動産業に関わる人たちとタクシー業界の人たちの顔つきが沈んでいる。

これはどういう流れなのだろう……。

12月1日

私はほんとうにお金持ちじゃない。接待でないと高いお店に行かないし、そのわりにはだまされてお金を盗まれたりしたことも何回かある。

でも、なんとなくお金がありそうと思われることも、足下を見られることもたくさんある。それは、私が年下の人と飲食や旅行をするときは多めに出すことを心がけているからだろう。それからいっしょに仕事をしたあとや必ずするときの正当な接待しか受けないことにもしている。なんだか気持ちが悪いからだ。

でも、自分の意志でこちらがそうするのと「なんとなくこの人といるとお金があるから多く出してもらえるだろう」という心構えの人がその気持ちで寄って来るのでは、微妙に違う。あまりにも後者の心の人が多すぎるので、もう人ってそういうものなんだとさえ思っていたし、そういう人が気にさえならなくなってきた。でも、まれにいる。必ず心の中での貸し借りを対等にしておいてくれる人が。そういう人に会うと、生きていてよかったと思う。

対等さに関して、少しずつでももっともっと心がけて生きていきたい。

フラ、すごくむつかしい踊りばかりでどれも中途半端にしかできないんだけれど、がんばる。がんばったあと美人の女子ふたりとビストロに行って、ワインを飲みまくっておしゃべりしたので、すごく報われた!

12月2日

信じられない訃報《ふほう》がはいる。

いちばん驚いたのは、自分がその人とこれほどまでにつながりを感じていたのか、ということだ。ほんとうに好きな感じの人だった。残念だ。

しょげた気持ちではあったが、予約していた映画を観《み》にいく。「タンタンの冒険」。あの、絵はすばらしいけどびみょ〜うにテンポがなく、あんまり盛り上がらない話をよくぞよくぞあそこまで冒険にした、スピルバーグよ! さすがだ!

人々の服の色や質感までとってもリアルで、オタク心が震えた。

12月3日

やはり行かずにはいられず、とにかく全《すべ》てをくりあわせてお別れに行く。

原さんがずっと私についていて、見守ってくれた、ありがたかった。

平服、アクセサリーもとらず、遺体の前でただ泣き、大騒ぎしてしかもご主人に抱きついて帰ってきた……社会人として最低！　でも、きっとあの美しかった人は、だれよりもその行動を喜んでくれたと思う。だからいい。

遺体を見てわかった。ここにはもう彼女はいない。彼女の美しさは顔かたちじゃなかった、なんのにごりもない、あの純粋すぎる心だったんだ。

12月4日

フリマ！

タッキーと雅子さんとさきちゃんのお店にものを持っていったら、あっというまにほとんど彼らに売れた……もしかして私はうちのガレージで単独にフリマをやったほうがいいのではないだろうか。

ほしさんがちびっ子とやってきて、お茶したり和んだ。女のちびっ子ってほんとうにかわいい。憎たらしいことを言った後でにっこりとするところなんかもうたまらない。

うちのチビとも仲良くなっていた。

最後はじとっこで打ち上げ。またもお鍋をいただく。

後ろにはみゆきグループもやってきて、おらが村はいいところだなあっていう感じ。雅子さんがすごい荷物を持って帰っていくのを見て、やはりカメラマンってすごい！と感動してしまった。

みんながさきちゃんの名前を呼ぶとき、ちょっと楽になってるような感じを見るにつけ、さきちゃんっていいなあ、さきちゃんという名前もいいなあ、と思っていたので、なにかと主人公をさきちゃんという名前についしてしまい、その流れから今、「新潮」ではさきちゃんズの短編集を書いている。次はどんなさきちゃんを書こうかな。

12月5日

鍼《はり》に行ってから、時間がとつぜんできたので中目黒パンチに寄ってパンチのきいたお昼をいただく。ここのおじいちゃんが片手を「よっ」とあげるのを見ると毎回胸キュン。こういう誠実な昭和の個人商店、どうか残ってほしい。

12月6日

お参り。

いつになく神社が騒然としていて、ああ、年末年始が近いんだと思った。一年の汚れをすっきりと落として、稲熊家でお刺身とおすしとおでんの大パーティーが開かれる。新婚さんや最高のヒーローである神社の仮面ライダー（仮）もやってきて、にぎやかだし楽しい。お父さんが元気なときのおうちって、心から安心できてほんとうにいい時期だなあ。家族にはいろんな時期があること、最近やっとわかってきた。

稲熊家のみごとな畑にほれぼれする。こんな畑は見たことがない。ところせましと植わってるのにすっきりしていて、ルール無用で、清らかで、いるだけでなんだか気持ちがすっとしてくる。やはり作品は本人だということだと思う。

久しぶりに家族でゆっくりとホテルで過ごして、心から疲れがとれた感じがした。夜中にチビとおつまみタイムを過ごしたりもした。

仮面ライダーやマリオやジョジョや……なんでもいい、そういう、架空のものに心を支えられて生きる人たちを、幼いと思う人もいる。でも、私はそう思わない。眠れない夜、心弱い夜によりそうヒーローたちは、その人の力を何倍にもする魔法を持っている。

そして私は確信した。

「チビにとってのＤＳのマリオやリンクが、これからの電子書籍なのだ！」

プレステであっても変わらない。このインタラクティブさ、手元感、いつでも読める感。

電子の書籍は、書籍を電子にすることじゃない。

なんで気づかなかったんだろ？　こんな簡単なこと。

そして任天堂の宮本さんは、こんなこと、とっくに気づいているんだなあ。

12月7日

京都のすてきなところを、まゆみちゃんを呼び出して、家族と共にまわる。

吉田山の上のカフェはカップルでいっぱい。

チビが「まゆみ、結婚しよう。オレはまゆみのことが好きだ」と告白して、まゆみちゃんが「このカフェにくるとみんなこうなってしまうんだ〜」と言ってたのがすごくおかしかった。こんなにきれいな紅葉をたくさん見たのは生まれてはじめてかもというくらいにこれでもかというくらいに紅葉がきれいな吉田山まわり。

夜になると自然に暗く淋《さび》しくなるのが京都のすごくいいところ。明日の朝が、昼が、光が楽しみになる。これが人の暮らしだなって思う。

12月8日

舞ちゃんとランチを食べて、最後のジョジョ「スティール・ボール・ラン」を全巻貸す。なんだかこれを読んでいるあいだ、服装も若干ウェスタン調になった気が。そして出てくる人たちが全員無条件で臭そうだ。数日後の肉スプレーも臭そう。

しかしとにかく泣いた。この作品が最終的にはいちばん好きだったかもしれない。ジョリーンのあたりから芽生えた次元世界、時間、善と悪に関する著者の考え方が磨かれていくのがわかる。

おはなしとしての完成度は3までが優れているのだと思うけれど、4は寓話《ぐうわ》、5は不幸な生い立ちの人がどうやったら愛を知るかについての優れた展開。

6からはもっとテーマが大きくなってきて、まだまだ今もそこに取り組み中なのがわかる。

ずっとジョジョたちと過ごしたこの一ヶ月、ほんとうに幸せだったし価値観も強固になった。人間は人間であることをやめるべきではない。ぎりぎりの線でも必ず抜け道はあるし、そこを見つけるのが人間なんだ、と思った。

久々にまつ毛エクステのないすっぴんでフラに行く。顔をごしごしふける幸せよ！ぜんぜん踊れないから、すっごく遠くからのんちゃんが棒をたたきに来てくれるので、ほれなおしました……。

帰りにロッカーでおちこみながら「こんなに踊れないなんて、私もうクムフラになるのあきらめるよ……」と冗談で言っていたら、まみちゃんが「そんな野望があったとは！」と言っていたが、ありません！

12月9日
今年最後の太極拳《たいきょくけん》。筋肉痛で全然動けなかったけれど、どうにか二十四式を最後までみようみまねでついていけるようになった。やればやるほどだめなところがわかってくるのが面白い。
じゅんじゅん先生といっしょにごはんやもなかを食べて別れる。一年間ありがとうございました。自分がこんなに運動したいと思うようになるとは思わなかったけど、じゅんじゅん先生のおかげさまで、だんだん体を動かせるようになってきた。

12月10日

たいへんな一日。

ある意味では、一生でいちばんたいへんだったかも！　くらい。

足をくじいて受験に行った日くらいたいへんだったかも。

でも、なんとか乗り越える。自分でもすごいな〜と思った、自分を。

それとは関係なくほしさんにびしっとヒーリングしていただき、腰が回復に向かい、歩ける幸せ、息をしても痛くない幸せ、重いものを持ってもみしみしいわない幸せなども味わった。

チビはほしさんちに泊まりに行ってしまった。お兄ちゃんたちと一晩中マリオをやるんだって。すごいなあ！

きれいな月食も見たから、たいへんだったけどよしとしよう。

12月11日

マーコさんの猫ちゃんたちの保証人になるために、清水ミッちゃんといっしょに保護団体へ。

大きな猫ちゃんたち、不安そうで胸がきゅんとなった。彼らのためにあんな大きな重いケージをふたつも抱えてタクシーに乗り込んできたマーコさんにもきゅんとなった。なんて愛《いと》おしい人だ……。

犬がひざに乗ってきて「つれて帰って」というので切なくて切なくて、みんなつれて帰りたい気持ちになったが、今いる子たちのことを思うとそれもできない。今いる子たちを大切に、天寿を全うするまで世話を怠らないことをするしかない。

いろんな犬をひざに乗せているミチコさんを見て、ますますファンになった。

はっちゃんが動揺して歩道に乗り上げたりするたびに「大スターが乗ってるからね！」とミッちゃんが言ったのが最高におかしかった。

12月12日

「ナニワ・サリバン・ショー」を会社帰りののんちゃんと観に行く。

豪華ゲストのみなさんがあえて死をひとことも口にしないからこそ、ずっと心のどこかで「清志郎はもういないんだ」と感じ続けていた。そんな淋しさを感じることも、その淋しさを感じないで清志郎を思おう！　ということもおりこみ済みの映画だった。それなのに、どうしてだろう、だんだんとほんとうに楽しくなってきた。清志郎の歌のすばらしさ、生き方のまっすぐさ、いちばん元気で輝いていたころの彼が発散するものは永遠だ。そして清志郎は死んだことさえ超えるものを現していた。それがすばらしい。

ものすごく淋しい気持ちとポジティブな気持ちとが入り交じっている、それは今の社会情勢と同じ。この中を生きていく、清志郎の歌といっしょに。

名店プレゴプレゴで軽くごはんを食べる。活気があっておいしくて屋台みたいなのにイタリアンで、大好き。もっと近所にあったらいいのに！

そのあと「三越の前で」とはっちゃんと待ち合わせをしたのに、丸井の前でものすごく堂々と待っていた私……、しかも「おっそいな～、どうしたんだろう？」なんて裏まで走って回ってみたりして、まるで韓流ドラマのようにすれ違うふたり……でもやっと出会ってもチュウとかせずに「うっすらとそんなことだと思ってましたけど」と言われただけであった。

12月13日

毎回泣きながら「九尾狐《クミホ》」のドラマをいっしょうけんめい観ていた私。だって出てくる人たちがみんなかわいいんだもん。韓流にはまる日本の中年女性の立派な一員である。

韓流ドラマの良さは、いろいろな条件を超えて、私たちが子どもだった頃の日本がそこにあるからということと、韓国のみなさんの体型が今の日本人みたいに細くてみしみししてなくてぴしっとしているからだと思う。

ソウルに行くといつも感じる。まだ人間が人間として生き生きしている。町は人のエネルギーを受け止めて輝いている。そのちゃんとした循環を失った私たち。

どうやったらとりもどせるのか、時間は戻らないけれど、きっとできるはず。

12月14日

ハワイに夜旅立つときの一日って、いつも荷造りして大騒ぎしてばたばたして……でもすごく好きだ。

夜いっちゃんがやってきて、出発。

行きはあっというまに着いてしまうのでいつも寝不足。タッキーに命じられたとおりに「コンテイジョン」を観ていたら、タイミングよくとなりの人がむちゃくちゃ咳《せき》をしてて、すごくブルーな気持ちに。この映画に関するちほと私の一致した意見「よくグウィネスはあの映画に出てくれたなあ……」

ちほちゃんに迎えにきてもらい、なぜか恵比寿にもある小籠包《ショウロンポウ》の店に行ってランチを食べ、なんともいえないホテルリニュー（でもだんだん好きになってきた）にチェックインして、撮影へと向かう。ミコが写真を撮ってくれることになっていたから、みんなにこにこ。

いつものDuc'sビストロでおいしいものをみんなでちょっとずつ食べて、幸せな時間を過ごす。

12月15日

河田さん登場、ちほに運転してもらい、みなで北上。

途中ハレクリシュナの瞑想《めいそう》センターでヴェジタリアンブッフェを食べるけど、あまりにおいしくてもう肉なんてなくてもいいっていうくらいだった。こんなことはじめて経験した。いつもそういうレストランに行くと「おいしいけど、なにか欠けてる」と思うのだ。さすが、歴史あるハレクリシュナだ～。

ちほ「ヴェジタリアンのごはんってすっごくおいしいけど、こ～んなに野菜を買ってきて、それを刻んだりなんだりすご～く小さくして、『もう食べればいいじゃん』っていうところからまたオーブンに入れたりするから、待ちきれない」なんて露骨な気持ちを！

さらに北のクアロアランチ付近に向かい、撮影したり、明日の予約をする。

私は乗馬に、ちほはカニカレーに執着して、今晩はカニカレー。マイランに行って、親切なお店の人たちに感動しつつ、思う存分食べる。

12月16日

朝からクアロアランチへ。

いきなり予約が取れてなくて、まずはバスツアーへ。

なんで海外で働く日本人たちって、あんなにすさんでいるんだろう？と思いつつ、いろいろな映画のロケ地を観て満足する。「LOST」のいろんな場面を思い出してきゅんとなった。でも「ここでこれが撮られました」と言われても全部芝と山……だいたい同じに見えるところばっかりだった……。

そのあとはボートに乗ってばりばりと海や海亀《うみがめ》を見て、乗馬。

乗馬の撮影、ちほちゃんがカメラをかまえながら馬に乗っていてどきどきしたけど、馬たちがとてもいい子だったので問題なかった。重い私を乗せて歩いてくれたナポレオン号よありがとう。馬に乗るって特別なことだと思う。なにかと力を合わせること、信頼して身をあずけること。

「スティール・ボール・ラン」を読んだばかりだったので、馬を好きな気持ちが爆発していたのもよかったかもしれない。

最後のディナーは12th Aveへ。ここもいつも活気があってとてもあたたかいレストランだ。ここに来ると、アメリカ人の生活がどんな感じか実感できる。

12月17日

イオラニ宮殿へ。

思ったよりもずっと簡素で豊かで、ハワイ王朝の人々の品格をしみじみと感じた。

ああ、思った通りの人たちが住んでいたんだなあと。

大切にしていることがなにだったのか、キルトや、心静かな人がいた気配のある執務室が物語っていた。

あわてて新しくできたヴィクトリアズシークレットでパンツなど買って空港へ。

仕事で駆け足のハワイだったけど、コンブチャも毎日飲んだし、馬にも乗ったし、カニカレーも食べたし、河田さんともゆっくり過ごせたし、静かな海も見たし、子どもと夜中にポテトチップスも食べたし、とてもとても幸せだった。

12月19日

帰りの飛行機の中で見た「THE TOWN」、ものすごくよくできていて感心した。ベン・アフレックはさすがだ。白人の貧困層についてリアルに描いた映画は意外に少ない。強盗をしたり、人を殺したり、そんな人たちの中にももちろん人間関係や悲しみや友情がある。その生活を抜け出せる要素はだれもが持っている。でも、自分たちだけの代ではじまった悪循環ではないのでその重さを個人ではとても解決できない、そんなことが人々の肌の質感や服装や部屋の内装から実感できる、そういう映画だった。

12月20日

今年最後の取材。

なにを言ってもうまく言えない、ほんとうにインタビューが苦手なまま、慣れることなく四十七歳になってしまった。結局このジャンルは得意にならないままだった。三十五くらいから時間が止まっていて、動き出したと思ったらもう今の歳《とし》だったような感じだ。しかし、動き出してくれてほんとうによかった。

　だんだんと表に出る仕事も引退して、これからの人生を考えはじめるときが訪れたなと感じる。年をとればとるほど、目立たず、地味になりたい。できれば服装もメイクも地味になっていきたい。それが美だと思う。まあ、私の場合地味すぎて「登山ですか？」と聞かれることがしばしば。遅れてきた山ガール⁉

　人は、自分のことを自分で考えられれば、一人で立てるようになる。一人で立てれば、他の人のことを考えられるようになる。甘えるべきとき素直に甘えられるようになる。しかしそれは毎分毎秒の闘いなので、楽になりたくて人は自分のくせのなかに入り込んでいつものできごとをくりかえし、いつもの苦しみを苦しむことをくりかえすようになる。

　いずれにしても人生は大変だ。そして大変なことがわかった上で見る青空やあたたかい家やそばにいてくれる人たちはなんとありがたいものだろう。そんな人たちともいつかは別れていく。今このときがある幸せの大きさよ。

おめでたいわけではない。知り尽くした上でのこの感慨は深い。

12月21日

英会話。風邪でぼけぼけだったけれど、一生懸命脳を使った。

いつも善意で熱心に教えてくれる先生たち。いつか英語でずっと会話ができるようになりたい。そのためには来年もがんばりたい。最後まで手をふって笑顔でいてくれたマギさんに感謝。

くろがねで根本さんと忘年会。チビが根本さんをあらゆる角度からいじるのがおかしくておかしくて、こらえたものの最終的に思い切りヒロチンコさんのパンツにビールを吹いてしまいました……。

いっちゃん「よしもとさんがあんなに耐えているのを初めて見ました！」

12月23日

クムのライブ。

クムもクリちゃんもあゆちゃんもあまりにきれいで、心がきれいなのが踊りに全部出ていて、ほんとうにすてきだと思った。

チビがおみちゃんに感動的なプロポーズをしていたが、あゆちゃんの踊りを見たらあゆちゃんに、夜にのんちゃんがやってきたらもうのんちゃんに鞍替《くらが》えしていて、しかも「最終的にはふゆかさんがいい」などと言っていて、うらやましいことこの上ない人生だ。

12月24日

のんちゃんと穴場で和食ランチをして、ジョジョの一番くじをおごってもらいジョルノをゲットし、そのあと満員電車みたいなケーキ売り場でケーキを買って帰る。私が「え〜と、くじを五回くらいひきたいんですけど……」と売り場の人に言ったら、さいふからさっと三千円を出して男らしくおごってくれたのんちゃん……まるで王子様のよう……いや、王様か？　でもいちばん衝撃だったのは、となりの人が五万九千円分一番くじを買っていたことだ！

チビにプレゼントのゲームを買ってからいっちゃんと乾杯して、キャンドルでいっぱいの街を歩いて帰宅。ヒロチンコさんがゲットした獺祭《だっさい》のスパークリング日本酒を飲んでよいクリスマスイブを過ごす。私たちはもう中年になってから結婚したから、子どもが小さいときの家族の時間がどんなに貴重か身にしみて知っていて、それはよかったことだと思う。

バカでもいい、健康で生きていてほしい、震災があってからますますそう思うようになり、家族で出かけることを大事にしている。けんかばっかりしてるけれど、その気持ちはきっと子どもの人生にも伝わると信じている。

12月25日

冷凍庫の大掃除をしながら韓流ドラマを観《み》て、そのあと恐ろしいカニ漁！ の番組を観て、カニを食べるときはありがたく食べよう……と思っていたら、家族でのクリスマス会に遅刻してしまった！ 遅れてじゅんちゃんが参加し、おごそかに鍋《なべ》を食べる。

美人で、いつもしっかりしてて、人のめんどうがることを率先してやるじゅんちゃん。しかしその気さくさや正直さや優しさはなかなか評価されにくい。しっかりしすぎてるから。でも、そんなじゅんちゃんがちょっと弱ってるときの様子が最高にかわいいことはじゅんちゃんも知らない。じゅんちゃんのパートナーになる人がそこを見てくれる人だといいな、としみじみ思う。

12月26日

たかちゃんとちほちゃんと鍋。

チビとちほちゃんがオアフで組んだダンスと歌のユニット、再結成したらものすごくキレがよく、店の中で立って歌ったり踊ったりするふたりの真剣さにけっこう感動した……。

たかちゃんが小さな声で「グラタンが好きなんです……」と告白したのもおかしかった。

たかちゃんは、どんなときでもその現場に必要なものをすっと差し出したり、人々が必要としているものをいちはやく探す。そこに下心や欲はなくって、こういうのがほんとうにプロっていうんだろうなと思う。

森先生から送られてきた「失われた猫」を読んでいたら、泣くような内容ではないのになぜか泣けて泣けてしかたなかった。人生の時間は限りがある、そしてそれでも人間の心は果てしなく飛翔《ひしょう》する。そのことがこんなに切実に書いてある本はないかもしれない、と思った。

12月27日

イル・リフージョヘランチに走っていくと、ゆりちゃんの車が壁と柵《さく》の間にはまっていて、健ちゃんがいろいろ対処していた。ううむ、私にはそれぞれ長いつきあいのふたりだが、実はこのふたり初対面。なんとシュールな光景……はっちゃんが運転を代わり、かっこよく車を救い出していた。しびれる〜！　これほど人を尊敬したことはないってはっちゃんの危機に対応する能力を見るといつも思う。

人気店だけあって、ランチだからって味のクオリティが落ちることはない。りさっぴの頭脳そして威圧感（笑）、明さんの大胆で繊細な料理、葉山の空気と食材、その要素全部がうまく合わさっていいお店になってきていると思う。元インタビュアー健ちゃんの優れたインタビューにより、りさっぴがお店をどうやって経営しているかよくわかった。

りさっぴがうちで働いているあいだ、明さんに憎まれ口をききながらも、完璧《かんぺき》に秘書をやりながらも、彼女はいつもいつも、どこにいても飲食店のことを考えていた。体力さえついていけば、天職だと思う。

ゆりちゃんのうちに寄り、みんなでデザートをいただきながらおばあちゃんと久しぶりにおしゃべりしたり、ゲームをしたり楽しい時間を過ごした。

おばあちゃんの毒舌、最高調！　はっちゃんとのからみはもはや記録しておけばよかったと思うくらいであった。

夜は鈴やんのママから送られて来たおいしいものをいただいて、すごく幸せ。へろへろに大掃除してるときに、よそんちのママが作ってくれたごはんが待っていると思うと、がんばれる！

12月28日

今年最後のここぺり。

ものすごく一生懸命ほぐしてくれたり、私の体と対話してくれる関さんのようすだけでもありがたくて治ってしまいそう。チビといっちゃんがお迎えに来てくれたので、そのまま実家へ。姉のお誕生日なので、はっちゃんもいっしょに祝う。ヒロチンコさんもケーキをもってかけつける。みんなでポテトとふぐ鍋を食べて、ケーキを切り分けて、あたたかく平和な夜。

12月29日

今年最後の鍼。

ここ八年間くらいで、一回もぎっくり腰で寝込まなかった年ははじめてなので、なんとか乗り切れてすごい達成感。鍼にもしっかり通った！　漢方薬もまじめに飲んだ！

腰のことしか考えてないくらいに腰の調子を優先、腰に支配された一年でもあった。モムチャンダイエットの運動をしっかりと一年間続け、ストレッチもして、やっと保った。来年はますます改善していきたい。

夜はちほとはっちゃんとチビと町田にかけつけ、牌の音で会長にごあいさつしたり、中年女子を中心にした女子会が開催され、中華をごちそうになった。ちほちゃんが学校で創《つく》った版画のかっこいい「会長Tシャツ」をおそろいで着ていった。会長も途中で着替えられて、みんなで写真を撮った。幸せだった。

会長が創った空間は空気清浄機がいらないくらいにクリーンで、みんなてきぱきしていて、みんなの目が透明で、生きているってそれだけでいいんだ、それだけで嬉《うれ》しいものなんだという感じが伝わってくる。ごはんもお酒もいらない、ここに行けばみんながいる。ある種の秩序をもって、人に接している。麻雀《マージャン》を本気でやっているから、そして会長といるから、ただ生きることに集中していて、明日とか欲とかこうしたらこうなるかなあが入る余地がない。あの場所を一歩出たら、もしかしたらみんな心の中にどろどろしたものをまた抱えるのかもしれない。でも、この場では、会長の前では人として清くあろうとする態度が、やがて彼らの私生活をも変えていく。

チビがみなさんにボクシングの相手をしてもらって、テーブルの上の晩ご飯をひっくりかえしそうになったとき「ばーんとひっくり返ったらどうしよ～」と私が言ったら、今川さんが「それはそれで！」と笑ったのがとても気持ちよかった。

会長のことが、ほんの少し、やっとわかってきた。だからこそ、長生きしてほしい。いろいろなものを見て、そして語って、これまでと違う毎日も味わってほしい。心から、ほんとうに心から会長の無事を祈る。祈り続ける。あんな大きなあたたかい人はいない。

星空の下、ちほちゃんを送っていった。今年もちほちゃんとは遠く離れていてもいつもいっしょにいた気がする。ちほちゃん、ありがとう。

12月30日

えりちゃんに観てもらいにいく。

ぴたりといろんなことを言い当てながらも、余裕があって大きくあたたかい視点からものを言ってくれるえりちゃん。その才能からどんなにきついことがおきても、常に成長し続け、学び続け、きらきらと輝いているえりちゃん。幸あれといつも思う。

なかなか面白い年になりそうな予感でちょっと気持ちが明るくなった。

家を片づけて、ごはんを作って、みんなで九尾狐のドラマを観て、うたたねして、ただそれだけがありがたく思える。震災と病気のあとは、ほんとうにそう思える。自分がハッピーでいること以外、この世の中に、世界にできることはない。それは小説を書くよりも尊いことだと思う。

12月31日
いがらしみきお「I《アイ》」に衝撃をうける。みんながすごいって言うから、きっとすごいんだろうな、と思っていたら、やはりほんとうにすごかった。すごすぎて、そのあと読んだ「冒険エレキテ島」でやっと心のバランスがとれたっていう感じ。それにしても鶴田先生の描く女の子はどうしてあんなにすてきなんでしょう。あんな暮らしがしたい！
「ジョジョリオン」も純愛大作の予感がするし、楽しみな続き物の作品が多いので来年が楽しみだ。

ぎりぎりまでそうじして、キャピタルのバーゲンをちらりとのぞいて、えび天とドーナツを持って実家へ。聖子ちゃんのカウントダウンライブにいるのんちゃんを探しながら紅白を観て、近所の神社を巡って初詣《はつもうで》。

家族そろってこの日記の終わりを迎えられたことがとてもありがたい。

明日は「貴舟」のおいしいおせちと姉の作ったおぞうにを食べるでしょう。

十年間は続けようと思って日記をはじめ、ここで終わります。

私はこれからもできるかぎりフラを続け、体のメンテナンスをしながら、おいしいものを食べて、友達と笑い、旅をし、動物と暮らし、実家に通い家族とできるかぎり会い……いろんなことが毎日ありながら、こつこつと小説を書いていくでしょう。

自分の毎日を一部とはいえ公開していくのはきついことでもありましたが、あたたかく見守ってくれた方々のおかげで、続けることができました。

みなさん、そして管理人の鈴やん、ありがとうございました。

普通の地味な太めのおばさん（元々そうなんだが）にいっそう戻っていきます。

人生の折り返し点になりました。若いときは死の寸前に至るほど働いてきましたが、これからは家族と自分のために生きます。でも、小説は前よりもますますばりばりと書いていきますし、いつもなにかに挑んでいきます。Twitterも続けますし、サイトでもエッセイをアップしていきます。
今後ともよろしくお願いします。
同じ時代を生き抜きましょう。そしていい一年をそれぞれの場所で創りましょう！

３月からこっち、福島や日本から遠く離れていながらも心配したり泣いたり怯えたり怒ったりしつつ、初めての妊娠@異国に右往左往しつつ、とにかく日々を大波小波の上でどんどんサーフィンするみたいに暮らしてきました。

妊娠期間中って、きっと『スウィート・ヒアアフター』の主人公のようにではないけれど、やっぱり普通じゃない宙ぶらりんな独特の状態のような気がします。初産を前にして私はなんだかいよいよ死んでいく、でもそれはうれしいことにもつながっている、という心境なのです。

そんなときに、この本を読めて、ほんとうによかったです。

質問は、お正月にはやっぱり一年の目標みたいなものをたてますか？　ちなみに2012年の目標がもしも決まっていたら、よかったら教えてください。

(2011.12.20－はみ)


お役にたててよかったです。ほんとうにありがたいです。

スイス、いいなあ……でも寒そうですね、よい出産を！

2012年はたいへんな年になりそうなので「思ってないことは言わない、それで一年をなんとか乗り越える」を目標にしています。

(2012.01.13－よしもとばなな)

大事に伝えます。これからも、少しでいいので、書いてください。このサイトを続けてくださってありがとうございます。

(2011.11.10－もこ)


心に傷のない人もまずいないし、なにか作品を作る人はたいてい傷をもった自分を癒すところから作り始めているわけだから、それは普通のことなんじゃないかなと思います。

作品を作ってるということは、手つかずじゃないんじゃないかな？

私は人の傷を見ても、それをテーマに作品を作ることはないです。というのは、人間はみんな深いところでは同じだからです。どう対応しているか、その違いだけだと思います。

その人には知っている上で普通に接し、自分は自分の道を歩んで行くしかないのではないかと思います。

それがその人に対して唯一できることかなという気がします。

(2012.01.13－よしもとばなな)


こんにちは、ばななさん。

昨日、『スウィート・ヒアアフター』を読みました。寝床で、旦那にお尻と足をくっつけてあったかみをわけてもらいながら、途中ではとてもやめられず一気に読みました。いろんな愛が書き込まれていて、読んだ後手に持つと本自体がじっくりと生暖かいような小説でした。

あとがきに「私の小説でなぜか救われる、なぜか大丈夫になる、そういう数少ない読者に向けて」と書かれていますが、私はそういう読者の1人です。しっかりと届きました。ありがとう。

いま私は妊娠中、しかもいよいよ臨月で、スイスに住んでいます。

(2012.01.13ーよしもとばなな)

ばななさん
いつも、本当にいつも、ばななさんの作品が心の底を流れています。その流れを作ったのは、20年以上前で、動けない身体で、覚えるくらい一生懸命『白河夜船』を『ハチ公の最後の恋人』を『みずうみ』を読んでいます。ばななさんの作品があって今があります。ありがとうございます。

最後ということで、ひとつ質問させてください。

ばななさんは、本当に親しく、お世話になっていた年上の人の見えなかった癒されてない心の傷を知ってしまったとき、どうしていますか？

わたしは、半年くらい前に、友人から仕事の立場に関係が変わったときに、そういう体験をしました。その人の作品の質の高さや、普段の物言いや態度から、まさか、本人が自分自身の傷に手付かずのまま、とても大人になって、他人の傷を癒していたのだということに、気がつきませんでした。

それ以来、その人とは、きちんと話をしていません。どうしたいのか、自分でもまだわからないのです。でも、何かの形で、外にそのことを還元するべきなのだろうと思うのですが、その方法がわかりません。ばななさんなら、作品を作るのだろうなと思うのです。わたしは、生きていく上でそれをしたいと思います。参考までに、ばななさんの方法を教えていただければ嬉しいです。

これからも、生きている間中、ずっとライブで、ばななさんの作品が読めるのだと思うと、ものすごく生きた心地がします。たくさんの痛みから作品ができていることを想います。それをひきうけてくださってありがとうございます。大事に読みます。

が、うまくいっています。

(2012.01.13－よしもとばなな)


ばななさん、こんにちは！

あと15日で10代とおわかれの19歳女子です。ばななさんの本が大好きで、本棚の半分以上はばななさんの本です！　高校のころ、１日遅れてたら死んでたかも……と真顔で言われるような病気をしましたが、そんな時もばななさんの本にとても救われました。ありがとうございます。『TUGUMI』泣きました。

質問なのですが、私は病気からある程度復活し、受験をし大学で看護の勉強をしています。しかし、まだ本調子ではなく、大学での生活に自信が持てず、尻込みしてしまう自分を感じます。

ばななさんは自信がなくてもしなくてはいけないことがあるとき、どうやって自分を奮い立たせますか？　今、後期授業が始まるのが怖いです。

長文失礼しました。まだ暑いですが、身体に気を付けてください。

(2011.09.11－おでん)


ありがとうございます。

それは体のほうに聞きながら、のんびりペースでやっていくのがいいのかもしれないですね。

そして看護は授業よりも仕事の現場のほうがもっと厳しいです。

完治する病気なのかどうかもわからないので、うかつなことは言えませんが、とにかくこれからの人生は病気を気づかいながら、なかったことにしないで生きていくほうがいいし、それでもできる仕事はたくさんあるし、完治するものなら完治させたほうがいいし、長い目で考えた方がいいと思います。

ばななさんの書く物語は、自然に心地よく浸れるので大好きです。本を読んでいて、スピリチュアルな話にもふれられていて、きっといろんなことに偏見なく物事を捉えられる方なのだろうなと感じています。そこで、質問しようと思い立ちました。

私の恋人も、全く偏見のない人で、あらゆることをそのまま受け入れる人です。その延長線で、社会的に見たらすぐに「信頼性にかける」と判断されるようなことでも、真実だと疑いません。たとえば超科学・超文明、カルト宗教や右翼的陰謀論などにもとから惹かれていて、かなり本気で調べたりもしています。

しかし、私は、彼と付き合うまで、そういったものをバカにしてきました。そのことは彼には隠しています。この先いっしょに生きていく上で、頭ごなしに否定するような気持ちを持ちたくないのですが、どうしても受け入れられず困っています。

一人一人が、考え方や信じるものが違うことは当たり前のことだと思います。でも、相手のことを否定せず、傷つけずに「あなたが信じていることを私は信じていない」と伝えるのは難しいです。

ばななさんも、「これはそうだな」「これはちがうな」ということは実感をもって選びとられてきていると思います。受け入れ難い話をされたときは、どのように応じたらよいのでしょうか。よろしければ教えてください。

(2011.08.18－リン子)


相手が押しつけてくるまでは、別にフリーな時間でいいのでは……?

押しつけてくるようなら、「興味がない、ごめん」でいいのでは。

私の友達がフリーメイソンマニアで、陰謀の話をすると奥さんに「ごはんがまずくなるからやめて」と普通に言われています私の中学校からの親友の家は酒屋さんですが、吉本家のお得意さまの酒屋さん!!　だそうです。
「父ちゃん、吉本さんの家に行くとなかなか帰ってこない～」との噂……笑
「吉本家はすごっくお酒を飲むんだよ」の噂……笑
ばななさんへの質問はただひとつ、谷中・根津・千駄木以外に住もうと思ったきっかけは？　また、出て良いと思ったきっかけを教えて頂きたいです。
ちなみに私は生まれて初めて地元を出て神奈川で１人暮らししてますが、谷中ほど地元を愛せません。地元を愛せないのはつらいですね。
ばななさんは地元、谷根千以上に今住んでいる場所を愛せますか？
(2011.08.02－ひろた　あや)

まだ実家があり、実家によく行くので、ほんとうに離れたという気がまだしていないのですね。

今、三茶よりに住んでいますが、下北沢は昔の下町に似ているので、とても愛しています。

どちらも好きなので、ハッピーですが、多分夫の仕事の都合上、もう下町には戻らないかもしれないな、と思っています。

やべさんのおじょうさんによろしくお伝えください。

まだ現役でいつも笑顔のおじさんには感動します……。

出たきっかけは一度目の結婚で、当時はまだ犬をたくさん飼っている人が少なく、賃貸のペット環境が特に悪かったからです。

(2012.01.13－よしもとばなな)


こんにちは。

ワーを持つ絵ですよね。

ばななさんの文章も、もったいなくって、一章を十回位繰り返してから次に進みました。幸せすぎて、ほんとうに泣きながら読みました。ありがとうございます。

我が家の猫が本のしおり（紐）が大好物なので噛まれないように守るのに必死です。

最近、その猫が新技を開発しまして……。

PCで仕事中、いきなりキーボードの上に寝そべり→肉球でほっぺを平手打ちするんです。

どうやら構って欲しいあまりに作り上げた技らしいのですが。

可愛いけどたまにほっぺに傷がつくので痛いです。

ばななさんのおうちにいるカワイイッシモな子たちは不思議技はお持ちですか？

(2011.07.19－KUMI)


よくタマちゃんがいすからだら～んとたれていて、頭に血がのぼらないか心配です。

あと、ふとんから足を出しているともう一匹の猫がぐさっと爪をさしてくるのもつらいです。

(2012.01.13－よしもとばなな)


ばななさん。はじめまして。

ずっと、ずっと読んでますが‼　質問は初めてです。

下町娘としてはこのようなラブレターを送ること自体が相当恥ずかしいのですが……谷根千出身の33歳です。

ばななさんの小説を小学校５年から読み続けてきました。今はなき道灌山ストアの横にある創文堂書店で、ばななさんのサイン入りの本を買わせて頂きました。

とです（しかもゾンビ系）。ばななさんも好きですよね。それが信じられません。どうしてもその意味がわからないと思ってしまいます。もちろん、彼を心から愛しているからといって、その人が好きなこと、すべてを私も好きになるというのは不可能というか、違うと思っていますが。すこしでも理解したいというか……。そこで、ばななさんがホラー好きな理由を教えていただければと思います。何となく納得できる答えが得られる気がして。よろしくお願いします。

(2011.07.03－吉岡　望美)


私はホラー全般ではなく、ダリオ・アルジェントが好きなんですが、それに付随したものも常に観ています。

どうして好きか？　というとそこに真実があるからです。

みな平穏に暮らしているけれど、切れば死ぬ、ランダムに殺されることもある。

その中でも人間は人間らしくふるまって、ときには悪に勝利する……。

人間性とはなにか？　がホラーには極端な形ですがよく出ていると思うのです。

逆に、私にはホラーが苦手な人の気持ちの方がわからないので、お互いに「きっとこの人は自分が〇〇を好きなようにホラーに支えられてるんだ」と思うのがいいのでは。

(2012.01.13－よしもとばなな)


ばななさんこんにちは。都内でIT関連の仕事についている二十八歳女です。

『すぐそこのたからもの』、ネットの本屋さんで購入して表紙を見たとたんに涙が止まらなくなってしまいました。不思議なパをお客様に与えないようにしようと思ってます。

その人のつらい生い立ちや死をよく描かれているばななさんは、いつも作品を書く時にどこか気を付けていること、律しているところなどありますでしょうか？

ばななさんの作品には重いテーマが多いですがいつもどこか希望があり、なによりいつも謙虚だと思うからです。

デビューからずっとファンですが、ばななさんの最新の作品がやはり一番ホットで気になります。今後、どんな作品を書かれていくのか本当に楽しみにしております。

(2011.05.16－rubi)


常に時代に寄り添っていたいという思いがあります。流行を追うとかではなく、今同時に生きているこの時代の人の役に立ちたい、という気持ちです。

それが本気であれば、自分の限界がわかるし、限界を知るからこそ謙虚になっていくという気がします。

(2012.01.13－よしもとばなな)


こんばんは！

今、ばななさんの新刊『すぐそこのたからもの』読み終えました。すごく温かくって、幸せな気持ちになり、たくさん涙が出ました。もちろん、温かい涙です。チビちゃんへの愛が、子どもという生き物への普遍的な愛が伝わってきて、なんだかとても安心しました。私も子どもは無条件で愛されるべき存在で、そのすべてがいい人なんだと信じています。

さて、そんな私も今年結婚し、仲のいい、気の合う旦那と楽しくやっています。価値観も合う旦那ですが、ただひとつ、どうしても理解できないことが……。それは、彼がホラー好きなこ

(2011.05.15－かおりーた)


私もありますよ、落ち込んで出られなくなること。

そういうときはTV観たり、寝て起きればもう忘れてます。

あとは慣れです。

私は映画のほうがもっと落ち込むので、本は慣れでかなりきたえられてるかも。

逆に映画界の人は映画に慣れてるから本の方が響くっていうし、とにかく数ですね！

(2012.01.13ーよしもとばなな)


こんにちは。ばななさんの作品からいつも生きる勇気をいただいてます。ありがとうございます。

心や体のことに敏感でそっと寄り添ってくれるような、でも甘くなりすぎず、びしっと甘やかさない作品が大好きです。

私は３年前くらいから体調を崩しはじめ、現在だいぶよくなって以前よりも体調がよく元気に強くなってきました。病気は今までごまかしていた自分がごまかしきれなくなった、その表れだと思います。周りの方にもずいぶん支えられ、感謝して日々を過ごしています。

現在はマッサージ業を生業としていて日々暮らしております。ばななさんの作品のように相手を甘やかさない謙虚で精いっぱいのその方の人生のサポートができたらいいなと思っております。

と、いうのもこの３～５年間いろんな先生（医者、整体師等）にお世話になってきましたが、そのなかでも、この人は腕のよい方だし、いい人だけどおごっているな、と感じることが、何回かあったことです。自分はマッサージ師としてそうゆう感じった今、完母で育てた効果というか成果というか……は何かありますか？　ミルクでも元気に育つし、まわりに完母の人は少ないし……。母乳で育ち、大きくなった子の様子を知りたいなと思いメールをしました。

(2011.04.26－シュナ)


ものすごく元気です……アレルギーもほぼ治り、毎日うるさいほど元気です。

というか、母乳は移動が多い自分が楽でしたのでしていました。だって飛行機の中とか、タイの街角とかで哺乳瓶が消毒できる気がしなかったし、荷物が多いのいやだし……みたいな、ダメな感じの理由でしたので、なんとも言えません。

(2012.01.13－よしもとばなな)


ばななさん、こんにちは！

ばななさんの本にも、ツイッターにも、ばなな bot さんにも助けられている毎日です。とくに震災後は東京でも毎日色々な選択や決断をせまられ、自分の頭で考えて本当につかれました。最近はサバイバルな東京も悪くなかったなと思えるくらい落ち着いたかなと思います。いつも私を癒してくださってありがとうございます！

さて、質問ですが、ばななさんの日記を読んでたくさん本を読まれているんだなぁと思いました。私も色々と読みたい気持ちはあるのですが、読んだらその本の雰囲気に飲み込まれてしまい、暗い気持ちになったりして、時々本を読むのが怖くなったりします。ばななさんはそういうことはありませんか？

本の雰囲気を味わいつつも、しっかり自分を保つコツなどあれば教えていただきたいです。

い」という意見の両方があります。

ばななさんはこの両者の意見についてどう思われますか？

この二つのバランスについてはいかがでしょうか？

毎日子育てと創作とお仕事にお忙しいばななさんは、作品の制作中はどちらの状態なのでしょうか？

お答えいただけると嬉しいです。

(2011.03.06－あすか)


私は、このタイプうらやましいです。

理解者は家族と親友数人だけでいい、とわりきって集中してみてはいかがでしょうか。

あと、仕事場でだけは少し気をつかうというのは社会人としてしかたないと思います。一歩出たら、友達もいらない、自分でいる、というふうにわりきると、社会人時間もわりと耐えられるかも……。

そして「ほんとうにごめん、今から２時間は電話に出られへん」みたいなことを言って、集中して成果を出せば、だんだんそれが通るようになる気がします。

(2012.01.13－よしもとばなな)


ばななさん、こんにちは。

四月十六日に第二子の女の子を出産しました。三十歳です。一人目も女の子でした。完全母乳で育てて、昨年九月（ちょうど二歳の頃）に卒乳しました。もう少し飲んでもらいたかったのですが、二人目の妊娠が分かり産院からのすすめもあって卒乳にいたりました。二人目の今回も完全母乳でがんばろうと考えています。

質問ですが、マナチンコくんも完全母乳でしたよね。八歳にな自分でやる人は耐えられずにもうなにかやっているので、ある程度雇用に耐えられる社会性があるのであれば、もっと低賃金でも、自然と文化の両立をはかれる毎日のほうに自分が動いていくことはできると思います。

私は東京でも特殊な地域に育ったので、文化やおしゃれがある世界にこがれてきましたが、今となってはもう戻れないものの、あの独特の文化（今はもう下町にも残っていません）が恋しいと思うようになりました。

ルーツを大事にしながら、自分の人生をひらいていくのはありだと思います。

(2012.01.13ーよしもとばなな)


こんにちは。

いつも楽しく日記を拝見しております。（もちろん小説も！）

ばななさんに集中について質問したくてメールしました。

私は、もともと何かするときに集中しすぎて時間を忘れたり、周りのことをすっかり忘れてしまうタイプなのですが、そのことで健康を損なったり、大事な人への気遣いを忘れてしまったり、職場で自分の仕事に集中しすぎて電話が鳴っているのに気付かないなど支障がでるということもあり、治すように努めてきました。

けれど、これが正しかったのかどうか、最近疑問に感じています。

確かに生活はスムーズになりましたが、なにか自分をはぐらかしているような、ある意味意識が散漫になったままのような感じがするからです。

いろんな人の本や発言などみても「自分を忘れるほど集中するのが良い」という意見と「どんな時も自分を忘れるべきではな

日本でも、那須とか高知とか、ものづくりをする作家さんがすんで、文化的で自然もある地方・田舎もふえているとは思うのですが、わたしのいなかはまったくで、文化的にとざされ、地元の人たちも芸術や文化などを求める生活をしていません（よって、気の合うひともおらず、適齢期とばかり、地元に残る農業や家業を継いだ独身男性との見合い話ばかりすすめられます。それはなぜか自分にとってはとても息苦しい、あたまのもやもやすることです）。

日本ではむずかしいことなのかもしれないのですが、本当に地方の、とくに田舎の文化度や精神の成熟度の低さにはときどきまいってしまいます。けれども、自分はそれを見捨てていく、ということもできないでいるのです。

ばななさんは東京生まれ＋在住ということで、あまり縁のうすい話かもしれませんが、日本と外国の田舎のちがいについてはどのように思われますか？

また、芸術や文化というものをまったく必要としない人々の住む田舎が、今後すこしでも文化的に、心ゆたかに変わっていくために（そうしたら流出している若い人たちももどってくるのではと思うのですが）、なにかお考えがあったらきかせてください。

(2011.01.16－ao)


この気持ち、ものすごくよくわかるのです。

私の思うにはですが、那須とか長野あたりに確実にある、あるいはもう少し近くの町で、志が同じ人がやっている店で働く、というのしかないのではないでしょうか。

あるいは自分がはじめるか……ただ、今の段階でこの悩みをもっておられるようなら、たぶん人のお手伝いをするのがいいのではないかと思います。

トレスで今までなかったような体の異変があり、こんなことを日々つらつらと考えています。

長くなってしまい、すみませんでした。

冬本番、ばななさんもご家族も周りの皆さんもお風邪など召されませぬよう、お気をつけください。

(2010.11.29－さや)


とにかく女子はのんきに、のほほんと、いいかげんに、をモットーにしたとしてもたぶんやりすぎるくらいなので、ぜひ、のほほんとしてみてください。

私もコツコツ型ですが、たまに爆発します。そしてそんなときは爆睡します。

声がでないときって独特の考え方になるよね。もう夏だけど、よい夏になりますように。

(2011.05.17－よしもとばなな)


北よりの地方都市に暮らしているものです。生まれはさらに僻地のいなかの村です。

30才近くなり、自分の今後について考える日々なのですが（未婚。すきなものにかかわるしごとをしてはいますが、低収入の契約社員です)、ここ数年、大事にしたいもの、これからの人生に自分が求めていきたいものがはげしく揺れ動いていて、ままなりません。

具体的に言うと、芸術や文化のある暮らしと、いなかの、自分のルーツとなっている自然に寄りそった暮らしとのはざまでゆれゆれ……という感じなのですが、外国では（特にばななさんの好きなイタリアなどでは)、そういうものが両立して、共存してあるように思います。

しまいたい！」と思ったモノ、人？　は何でしたか？　です。

犬と、６ヵ月の娘を育てながら、私も作家（彫刻とジュエリーですが）活動をしています。

ばななさんが、ずっと支えです。本当に、ずっとずっと、
ばななさんの言葉と生きてます。

(2010.10.16－晴子)


はじめて……それは「JAWS」のロバート・ショーでしたね。

海の男になりたいって本気で思いました(間違ってる感あり)！

そんなに読んでくれて、ほんとうにありがとうございます。すごくありがたいです。動物とお子さん、たいへんだけど、がんばってくださいね。私もがんばります。

(2011.05.17－よしもとばなな)


ばななさん、はじめまして。さやと申します。

この間、風邪が治りかけのときに乾燥した所に長い時間いたら、
喉は痛くないけれど声がほとんど出なくなってしまいました。

ふと、『バブーシュカ』を思い出し読みかえしました。

私はここ数ヵ月、活字から遠ざかっていたのですが、『バブーシュカ』は降り積もる雪のようにしんしんと、心にしみてきました。そして次に、あたたかくて強いばななさんのホームページでの言葉たちが恋しくなりました。最近、私がずっと考えていることへのばななさんの意見が聞きたいなと思い、メールをしました。

簡単に諦めないことと、無理をしないことは何がちがうと思いますか。

私はこれまで、何事もとにかく耐え忍んで長く続ける、がモットーでした。しかし、今年新卒で入った会社が肌に合わず、ス

暑くて食事の準備がおっくうでしょうがないまいにちです。

でも、ばななさんの『ごはんのことばかり100話とちょっと』を読みながら、がんばって料理しています。

ばななさん同様、こどもには、いろいろな国の味を知ってほしいなと思うのですが、伝えていくことがなかなか難しいです。

６歳になった今、ぐんと難しくなった気もします（あかちゃんのときのほうが、いろいろ食べてくれた気が……）。

おとな味とこども味を融合させていくのに、心がけていることはありますか？

(2010.07.12－たけ　しづく)


毎日の一品の中にエスニックを混ぜて、慣れさせたり……

旅行先でなんとなく食べさせちゃったり……

その思い出だね！　と言って帰ってきても食べさせちゃったり……

タイカレーが食べられる８歳になりました！

(2011.05.17－よしもとばなな)


ばななさん、こんにちは。

ばななさんの小説を一時期読みすぎて、頭の中で何か考える時に「ばなな調」になってしまう程でした。

今、『もしもし下北沢』を途中まで読んでいます。途中なのに質問したくなってしまったのは、今の自分が欲しかった言葉で物語が進んでゆくので、できるのならば、もう、読まずに食べてしまって血と肉になってくれたら楽なのに、と思ったからです。肌にぐりぐり押し付けて、本が体に吸収されちゃえば良いのに！　って思った事は、産まれて初めてです。

質問は、初めて何かの前で、「ああ、もうこのまま一体化して

れを信じています。

自分はそのことに反対していることを私は正直に伝えます。わかったふうになるのがいちばん私にとってまずいことなんです。

こちらこそありがとうございます。

(2011.05.17−よしもとばなな)


９月に７年ぶり７回目のバリ島ウブドに旅行します。『マリカの永い夜』を読み返していたところ、日記を拝見して「ばななさんがウブドに滞在している?!」と興奮してしまいました。

ばななさんに質問です。旅は本来危険と隣り合わせだと思いますが、緊張感や疲れも感じる中で、同行者とつかずはなれずお互い気持ちよくやってゆくために心がけていることはありますか。

(2010.07.07−あや)


寝不足でよれよれするのはたいてい旅の真ん中の日なので、その日になるべくむちゃな動きをしないようにしていますし、やむない状況なら、よく気をつけるようにします。同行者とはもめても旅の最後はたいてい大丈夫になるので、あまり気にしないようにしています。

バリはまあ人がみな親切なので、交通事故だけ気をつけるようにしていますが、なんちゅうか、こっちが気をつけても！

なので、とにかくなるべく冴えた状態を保てるようなコンディションを作りましょう……。

(2011.05.17−よしもとばなな)


むしむしと暑い日々です。

ばななさんこんばんわ！

さっき、『アナザー・ワールド』を読み終わりました。今わたしは妊娠しているので、親からの子供に対する思いや考えがふんだんに入っている言葉をこのタイミングで読めて本当に良かったです。

こんな時代だから子供を作りたくないとは全く思ってはいませんでしたが、時代の流れ方の怖さや親になる不安もやっぱりありました。でも、この本を読めてこの先に対しても自分や子供に対しても気持ちが広がる嬉しさがありました。

質問です。色んな出来事がある現在、子供達がいくら経験することが良いとはいえ手を出さないほうがいい事や経験しなくてもいい事にはまりそうになることもあると思います。そんな時に親として大人として見守る以外にどうやったらそこから引き上げることができると思いますか。

ばななさんの本を心にしっかり落として読めると、周りの人たちにも気持ちとしてそれが伝わっていける気がします。

気がするだけかもしれないのですが。

本を通して見せて頂ける事に本当に感謝感謝の一言です☆　いつもいつもありがとうございます!!

(2010.06.06－pwani)


もうここまで来ると、毎日を生きるしかないです。

子どもと自分の明日は、今の子どもと自分が作ってる、そう思っています。

だから、そのときのことはそのときの自分がきっと考える、そ

Q&A

ありがとうございました

いつまでもは続けられないからいつやめようかな、と思うたびに、心に浮かぶことがありました。

それは「両親の死はできれば日記に書かず、自分の中で静かに味わいたいな。書くとしてもそのことを思う連続した日々を書くのではなく、さらっと書きたいな」ということです。

だから、書いている間に両親がギリギリ（笑）生きていてくれてほんとうによかった、と思っています。

実家の家族に対するわだかまりを、二十歳からのおおよそ三十年間で自活しながら、日々もがきながら、恨み言も言いそうになりながら、なんとかほとんどゼロに、いやもっと言うと愛や感謝だけにできたことは、私にとって小説を書いてきたことと同等の価値があることです。これができたのだから、なんでも成し遂げられる、そう思っています。

私の小説は、私の私生活の反映ではありません。エッセイと地続きですらないのです。じゃあどこから来るの？　と言われるとほんとうにわからないけれど、私生活で味わった感情は小説をうまく翻訳するためのフィルターに過ぎないという感じです。

また、私が味わっていない感情はいくら小説の神（のようなもの）が「書け」と言ってきてもリアルに書けないので、保留にしてあったりします。

それってチャネリング？　と言われるとちょっと悔しいから、そうとは言いませんが、かなり似た手法で書いているのだと思います。

私が生活の中で少しでも「あること」（これがまた絶対言葉にできない。内緒にしてるということではなく、生き方みたいなもののある線なのです）を怠ると、小説は書けなくなります。あと、家にいる時間が少なくなったり、机に向かう時間が少なくてもだめです。

ほんとうに地味な人生、ただ小説を書くための（しかもあまり正確な日本語ではなく、なおかつ実話でもなく、なんだかジャンルの決めにくい小説なのに）マシンとして生まれてきたような私ですが、由紀さおりさんが歌に人生を捧《ささ》げたことを後悔していないように（突然のリアルなたとえに私もびっくり）！　私も後悔していません。

最後まで、小説を書きたいと思っています。

そしてその合間に元々の家族を見直せたり、家族を作ったりできたこと、とても幸せに思っています。


これからの人生は、またちょっとだけ地下に潜り、自分のペースを取り戻していきたいと思っています。

本文中にも書きましたが、これまでのペースでやっていたら、中年以降の人生はむりだからです。

小説のためにも、いろいろ減らしていくことに決めました。

もう、バリバリ仕事体験は人の何倍も、充分しました。いろんな場所に行ったし、ホラーよりもずっとすごい、人の恐ろしい面をたくさん見ました。しかしそれ以上にすばらしいものをたくさん見ました。

人生は生きるに値《あたい》する、それについても、まだまだ書いていこうと思います。

Twitterや月一エッセイなど、かなり日記に近い人格の文体で書いていくものもあるので、また同じ気持ちでいろんなところで出会いましょう。

この日記を支えにしていたと言ってくださる方があまりにもたくさんいらしたこと

が、私の十年間の勲章です。

ありがとうございました。

今は遠くに引っ越してしまったけれど、この日記を書いているほとんどの期間、山西ゲンイチさんはうちにシッターとして来てくださっていたので、毎回表紙の原画を見せてくれました。すごく幸せで贅沢《ぜいたく》なことでした。ありがとうございました。

いつもこのシリーズを大事にしてくださった担当の松家仁之さん、古浦郁さん、デザインの望月玲子さん、ありがとうございました。

歴代のよしもと事務所のスタッフにもありがとう。

そしてずっとコツコツとアップしてくれたサイト担当の鈴やん、ほんとうにおつかれさまでした。今後ともよろしくお願いします。

まだまだお礼を言い足りないけれど、私に関わった全《すべ》てのみなさんにとにかく感謝しています。

２０１２年２月

よしもとばなな

本書は新潮文庫のオリジナル編集である。

新潮文庫最新刊

柳井正著
成功は一日で捨て去れ
大企業病阻止、新商品開発、海外展開。常に挑戦者として世界一を目指す組織はいかに作られたのか？　経営トップが明かす格闘の記録。

佐藤優著
功利主義者の読書術
聖書、資本論、タレント本。意外な一冊にこそ、過酷な現実と戦える真の叡智が隠されている。当代一の論客による、攻撃的読書指南。

よしもとばなな著
だれもの人生の中でとても大切な1年
—yoshimotobanana.com 2011—
今このときがある幸せの大きさよ。日々の思いを読者とつないだ10年間に感謝をこめて。大人気日記シリーズは、感動の最終回へ！

嵐山光三郎著
文人悪妻
夫は妻のオモチャである！　漱石、鷗外の妻から武田百合子まで、明治・大正・昭和の文壇を彩る53人の人妻の正体を描く評伝集。

斎藤明美著
高峰秀子の捨てられない荷物
高峰秀子を敬愛して「かあちゃん」と慕い、ついには養女となった著者が、本人への綿密な取材をもとに描く、唯一無二の感動的評伝。

「銀座百点」編集部編
私の銀座
日本第一号のタウン誌「銀座百点」に、創刊当時より掲載されたエッセイを厳選。著名人60名が綴る、あの日、あの時の銀座。

だれもの人生《じんせい》の中でとても大切《たいせつ》な1年《ねん》
―yoshimotobanana.com 2011―

新潮文庫　よ-18-28

平成二十四年四月一日発行

著者　よしもとばなな

発行者　佐藤隆信

発行所　株式会社　新潮社

郵便番号　一六二―八七一一
東京都新宿区矢来町七一
電話　編集部(〇三)三二六六―五四四〇
　　　読者係(〇三)三二六六―五一一一
http://www.shinchosha.co.jp

価格はカバーに表示してあります。

乱丁・落丁本は、ご面倒ですが小社読者係宛ご送付ください。送料小社負担にてお取替えいたします。

印刷・錦明印刷株式会社　製本・錦明印刷株式会社

ISBN978-4-10-135939-7 C0195